晴れた日も雨の日も

物に力が働けば変形する

戸山十郎

東京図書出版

晴れた日も雨の日も

朝靄がかかる大路から北門をくぐり学内に入ると右手奥の楠の森の中に天皇が乗る軍艦と言われた灰色の工学部総合館が見える。古くからの言い伝えのようなこの呼び名を聞くと権力におもねる暗い過去が突然現れ恫喝し誘惑する。そして何処からともなく指弾される不快さと恥じ入る気持ちとそれにもまして今でも似たようなものだという現実と自分もそこにいるといった実感が入り乱れ、奇妙な感覚が脳裏をよぎる。

総合館の四階にあるプロセス工学科の講義室で修士論文公聴審査会が開かれていた。二十世紀も終わり近くになった、寒さがまだ残る三月初旬のことである。

講義室は八十人ほどが入る中型の部屋で、ロの字型の総合館の東側に面した窓側にはようやく日が差し込んでいた。そのひなたは時間とともに大きくなる。「今日は居眠りする奴がいるだろうな」とその優しくて、暖かそうな日差しを見て思った。公聴会なので誰でも参加出来るが、実際はプロセス工学科の教官とそこに所属する大学院生と四年生だけだった。それでも部屋の座席はほぼ満たされている。前の一から三列目に教授たちが座り、その後ろに助教授、講師が散らばり、そのまた後ろに助手たちが座っている。講義室の前半より後ろの方に学生たちがあるものは神妙な顔つきで、あるものは何か面白いことでも起きないかなと高みの見物といった雰囲気で座っている。また少数だがふてくされたような顔をして座っている学生もいる。これらはこの時点で学生たちが置かれた様々な状況をおおよそ表しているのであろう。

大学院生の私は後ろから三列目で日が当たらない真ん中に座った。スケジュールに従って大学院修士課程の学生がプロジェクターで映し出されたスクリーン上の映像を使って自分の論文の内容を説明する。発表時間は十五分、質疑応答時間は三分、入れ替えが二分で、一人の持ち時間は合計二十分である。

質問時間には主に教授が質問するが、時にはライバル同士の助教授たちが学生の発表内容をだしにして叩き合いをすることもある。我々学生はそこで起こった議論の内容で発表会後にあの助教授は結構冴えているとか、あれでも助教授かとか言い合ったりする。もちろん教授についても同様である。たかが学生の審査会といって疎かにすることは出来ない。

学科の最有力教授である戸田教授は二列目の真ん中に座り、最前列の一列目は発表者にあまりに近いのでいつも空いているのだが、唯一の外様である私の指導教授の井上教授は三列目の右端に座っている。

戸田教授は大きな声で他の教授や、助教授に、場合によっては後ろの方に座っている学生も含めた全員に話しかけたりする。この発表会が始まる直前でも皆がそろった時に後ろの方に座っていた助手の宮本さんに向かってバリトンのよく通る声で「宮本、研究費の申請書ばかり書いてないで、時間を見つけて研究をするのだ、研究を。それで論文を書くのだ」と言い放った。

励まされるように言われた宮本さんは感極まって、立ち上がって最敬礼でもしかねない様子だったが、さすがに我々学生の前ではそうはせずに、細長い、学生にはいつも非難がましい皮肉を浮かべている顔を真っ赤にして座ったままで頭を下げた。それから「がんばります」と答えた。学生のほとんどは「かっこわる」という眼差しを宮本さんに向けたと思う。戸田教授は宮本さんを見て、頷いて「ははは」と笑い、上機嫌だった。

これがボス教授たる戸田教授の手の一つだと誰しも思うのだが、実際に話しかけられると宮本さんほどではないにしても皆、喜ぶようだ。「プロ工のボスだとしても総合館の本丸のボスに比べたら脇役で、平侍も良いとこさ」という話を聞いたことがある。そんな戸田教授にプロセス工学科の全員が首根っ子を掴まえられている。私もその一人かと思うと何故か薄笑いが浮かんだ。

戸田教授の先ほどの発言は、宮本さんの上司である申請書を作らせている井上教授に対する嫌味あるいは間接的な非難でもあるだろう。ところが井上教授はそのようなことは意に介せず無表情に窓の外を眺めている。「私は外様だからあんたのことはよく知らないが、同じ教授だ。私の分野では私は権威の一人ですよ」と心の中でうそぶいて、ふてくされているのだろうか。

それにしても井上教授は発言をしない。それ相応の業績があるのだから、もっと発言すればよいのに。たまに発言しても、小声で部屋が寒いとか暑いとかといった類いのことばかりで、それ以外の発言をこのような公の場で聞いたことがない。

審査会最後の山岡の発表「容器に充填した粒状体の内部および容器壁に働く応力」が終わって質疑応答に入っていた。応力とは面に働く力である。

詰め込まれた粒状体粒子の大小によって壁にかかる応力は大きく影響されるのか。粒状体の摩擦はどのように考慮されているのか、理論式のどこにそれが入っているのか、水を容器に満たした場合とどのように違うのかなど、通常の質問がなされた。

山岡がそれに快活に、自信ありげに赤ら顔を質問者に向けて答えていると、戸田教授が突然、「君のそれ、何の役に立つの」と尋ねてきた。今まで流暢に答えていた山岡がつまった。助教授の岡崎さんが笑いを口元にうかべて、尻馬に乗るように「ここは工学部だよ。そんなことも答えられないのか」と詰った。

私は講義室の後ろの方に座っていたが、「山岡、答えろ、早く」と心の中で叫んだ。直接指導している助手の宮本さんを見たら、私は知りません、あの理論計算は山岡が勝手にやったことですといった様子で、横をむいて山岡との関係を否定しているようであった。指導教授の井上教授は質問には自分で答えなさいよと言わんばかりの無関心な、とぼけたような表情をしている。

「ええい、どいつもこいつも、それにしても岡崎の野郎」と思った瞬間、手も上げずに大きな声で、ただし自慢の低音は少し上ずって高めになったが、言ってしまった。

「これは基礎的な研究ですよ。この段階で何に役立つなんてことを前面に出す必要はないと思います」

会場にいた学生も含めて殆どの人が「また、面倒くさいことを！　これで終わりというのに」といった視線を私に向けているのを感じた。

戸田教授が「あれ、誰？」と誰に言うでもなく言ったら、すかさず岡崎助教授が「博士課程一年の結城ですよ」と言った。戸田教授は後ろの方の私を一瞥した。が、何も言わなかった。指導教授の井上教授を見たら、「また、いらんことを」という顔をして天井を見つめている。

その時、山岡が申し訳なさそうに、

「先ほどのご質問ですけど、現状ではまだそこまで出来ませんが、これを発展させると工場にある粒状体を詰めた高さ数十メートルの大型容器に働く応力、そして容器が破壊する限界の応力を予測することが出来ると思います」と答えた。

岡崎助教授が今度は私の方を見ながら、「ほんとか？　あの怪しげな式、運動量（一例として速度×質量）は保存されているのか」と聞いてきた。山岡がとっさに「保存されていますよ」と言った。「よしよし山岡、お前がこけたらオレが起こしてやる」と心の中で呟き、覚悟を決めた。

ちょうどその時、チンチンチンと時間を知らせるベルがなった。司会の山口助教授が立ち上がって、先生方全員を見渡して、「いかがでしょうか、時間も参りましたので」と促した。それから戸田教授のほうに、お伺いを立てるようにわずかに視線を移した。

戸田教授は軽く頷いたような、見ようによっては頷いてないような反応を示した。

山口助教授はそれなりに自信がある人なのだろう、戸田教授は頷いたとみなして、「それでは山岡君の発表はこれで終わります」とこころもち高らかな声で宣言して終了となった。

それに続いて山口助教授が「これで本年度の大学院修士課程の論文発表は全て終わりました。続いて三階の会議室で修士論文の評定会がありますので、先生方はお集まりください」と言っていた。私の近くにいた学生が「まだ評定会なんていうのがあるのか」と言ったら、言われた学生が「この発表が本番で、評定会なんていうのはシャンシャン大会で、今日みたいに問題児がいないときは二、三分で終わると思うよ。それで発表者全員修士様だ」と知識のあるところを披露していた。

教授たちを先頭に先生方は前の出入り口から、その他は後ろの出入り口から連れ立って、「あの発表どうだった？　少し問題あり？」等とささやきながら廊下に出て行った。

山岡は後片づけをしていたので、私は先に研究室の居室（研究室で助手、大学院生などの席がある部屋、そこで研究方法を考えたり、計算結果や実験結果を検討したりする）へ帰ることにした。山岡は発表資料のスライドをプロジェクターから取り外したり、それを順番通りに纏め直したりしながら、黙って自問しているようであった。

山岡の沈んだ表情を見て、次のように彼の思いを頭に描いた。

「オレは大学院修士の二年間の研究生活で、いろんなことを経験し、いろんなことを学んだ。でも研究でメシを食っていけるのかとなると、はたっと考える。優秀な人が多い。身近に見ただけで、結城さんがいる。結城さんほど頭が冴えているだろうか。真っすぐ物事を見据えてそこから理論を導き出すことが出来るだろうか。宮本さんがいる。宮本さんのようにオレは学部の成績に恵まれていない。それに宮本さんのように、逆境に耐えてそこからなり振り構わず抜け出す力があるだろうか」

その後赤ら顔に快活さがもどった。それを見て「会社に行って、もっと現実に役に立つ研究をするんだ。戸田教授にあんなふうに言わせないように」と山岡の頭の中を想像した。

講義室を出て窓越しに、「山岡、プロジェクターは四年生の卒論発表で明日も使うから、そのままにしておいてくれ。直す必要なし」「ああそうか、了解です」という会話を聞きながら廊下を歩いた。

＊

両側に研究室が並んでいる廊下は蛍光灯がついていても暗くこの季節は寒い。廊下の両側の壁に押し付けて測定器が入った戸棚や薬品棚が並べられているので広い廊下なのに実際は狭く、並んでは通りにくい。おまけに何処からともなく化学薬品の鼻を突く臭いがしていた。プロセス工学科には物理系の研究室と化学系の研究室が入り乱れて存在している。多分化学プロセス講座の研究室から漏れてくる臭いであろう。

その廊下をさらに進み階段を幾つも下りて一階の廊下を行くと奥の右手に我々の居室がある。扉を開けると、正面奥の左右を二つの本棚で囲った空間に少し大きめの机の席に助手の宮本さんがすでに座っていた。

研究室に居室は三つあり、研究テーマで分かれている。ここは四十㎡ほどで、ドアを開けると左右の壁に向かって机と椅子が二脚ずつ置いてあり、そこが大学院生と四年生の居場所である。私と指導している修士一年生の新田は左側のほうに座席があり、山岡と指導している四年生の三宅は右側である。部屋の中央に大きなテーブルが二脚合わさって置いてあり、その周りに折り畳みの椅子が六脚並べられている。ここで自分たちの研究について議論しなさいというわけだ。

私は自分の席に座り、宮本さんの方を向いて、会場での私の発言に「お前が出しゃばるな」といった小言を言われるのを避けるために、機先を制して話しかけた。

「あれ宮本さん、もう帰っていたの?」

そう言われて、意外にも後ろめたい感情を漂わせたが、すぐにそれをかき消した。

「ああ、山岡はあまりオレを必要としていないので、早々に退散してきた」

宮本さんが先ほどの私の発言に触れてこなかったので、気をよくして、宮本さんも含めてほめたつもりで言った。

「山岡の発表、良かったじゃないですか」

それを聞くと怒りが込みあげてきたようで、きつい口調になった。

「だから、オレがとやかく言う必要はないのよ。山岡は好き勝手なことばかりしやがって、おれは山岡を指導なんかしていない。それはアイツがオレに仕向けたことなんだ」

「えぇー?」

「指導は宮本さんでしょ」という表向きの理由と裏の複雑な葛藤を刺激して怒らせたかなという後悔の気持ちを込めて、奇声めいた声を発した。

ちょうどその時、山岡が居室に帰ってきた。私を見るなり、先ほどの発表資料をテーブルに置いて、前に来て手を合わせて「すいません。迷惑かけちゃって」と言った。私は「あれはオレが勝手に言ったことだ。気にするな。その話はまたあとにしよ」と言った。山岡は幾分不服げに頷いて、なれないネクタイを緩めて、立ったままで、興奮気味に話しかけてきた。

「しかしですよ、戸田先生の開口一番のあの質問、『君のそれ何の役に立つの?』にはまいったな。おまけに、ここぞとばかりに岡崎さんが『君、ここは工学部だよ』なんてぬかしやがる」

自分の論文発表に向けられた質問に対する憤慨と、何はともあれ無事に終わったことへの安堵の気持ちが表情に交錯していた。我々の反応を待たずに幾分不安げな気持ちが混ざっている声で続けた。

「これで四月からオレも企業のサラリーマンか。配属先に行ってエンゼルフィッシュみたいにならなきゃいいが」

「なんだ、そりゃ？」

「それはですね、結城さん、エンゼルフィッシュは最初からたくさんの匹数で育てると好きな者同士がペアになり、全てがうまくいくんですよ。ところがそんな中に新しいのが一匹だけ入ってきたり、あるいは初めから匹数が少なかったりするとそれまでのペアが乱されたり、ペアが出来なかったりしてうまくいかないんです。オレは全然知らない連中と全然知らない所に行くのでそう言ったんです。博士課程の結城さんにこの気持ちわかります？」

山岡がそのようなことを考えていたのかと意外な気持ちがしたが、考えてみれば、それもそうだと思い直した。

「なんとまあ、いい歳をして、そんなこと言うとは、山岡、お前数年もしたらそこで牢名主みたいになっているぞ」と私は彼を励ますように言った。でも数秒後に次のようなことも付け加えた。

「たいしたことではないが、オレもそういったことを去年経験したよ。修士課程を終わって博士課程に入ったときに。今までは、ずっと同じように過ごしてきた同期の奴らに囲まれて好きなようにすればよかった。ところがそれは修士まででおしまい。たいていの奴は修士修了で会社に行ってしまうし、博士課程に残った数少ない奴らはいけすかないやつばかりだし。お前も来月には会社に行くんだから、そこで思うよ、なんでオレはこんな奴らと一緒にいなければならないんだってね」

山岡を見たら、不安そうな落ち着きのなさそうな表情で頷いている。

「だけど、熱帯魚ならいざ知らず、人間なら同じようなやつばかりで集まっていたら、他に対して偏見とか差別の意識が生まれかねないから、今までと全然違った所に入って、そこで何とかやっていくのは、結局、山岡、お前にとっていいことだと思うよ」

私が励ますようなことと、そうでないこと、最後にまた励ますようなことを言ったので山岡は戸惑ったような表情をして頬を膨らませた。結局吹っ切れて自分を励ました。

「まあ、そういうこともあるでしょうね。でも修士修了の二十四、五にもなってそんなオセンチなことは言っておれない。なんせ来月から給料もらって働くんですから。四月から会社に行って頑張ります」と言って自分の席に座った。

私は奥の宮本さんのほうを向いて、「聞きました、今、山岡の言ったこと」と念を押した。

「ああ、聞いた。そうだぞ、山岡、給料もらうってことは大変なことなんだ。結城みたいに、親のすねかじって博士課程なんかにいる奴には理解しがたいことさ。おれなんか教授から回ってくる雑用また雑用で自分の研究なんてほとんどできやしない。戸田教授には申し訳ないけれど」宮本さんの機嫌は少なくとも表面上は直っていた。

ここで宮本さんの愚痴にまきこまれたらまずいなと思っていたら、隅の自席で明日の卒論発表の原稿に目を通していた四年生の三宅が、我々が話している前に来て不安そうに尋ねた。

「山岡さん、明日の僕の卒論発表は今日の山岡さんの発表とほとんど同じなんですけど、明日の発表では、今日、山岡さんが受けたと同じ質問が来るでしょうか」それを聞いて山岡は鷹揚に笑った。

「来やせん、来やせん。発表題目がほとんど同じでも、修士にした質問は四年生にはしないよ」

同意を得るように視線を宮本さんと私に向けたので、私が答えた。

「そうだ。それに今日の明日だし、先生方も質問を覚えているから、修士にした質問を四年生にはしないよ」

「よかった。結構むずかしいですよね」それから山岡に気を遣うように「何に役立つかといった質問にしてもなかなか答えづらいです」と付け加えた。

「心配するな、三宅。後でお前と一緒に卒論発表の練習をするから、その時、予想質問も考えてやるからさ」それを聞いて三宅はこれで安心したといった様子で自席に戻った。自分の発表は無事に終わったし、自分の修士たる経験を四年生に伝授できるし、山岡の顔面に幸せが広がっていた。

私は笑いながら、山岡が最初に言ったことに話題を戻した。

「戸田教授の『何の役に立つ？』これは戸田教授だけじゃない。先生方はオレたちの研究の内容がわからなくなったらいつもそういう質問をするのさ。ただしテクノロジーは人の役に立つために存在している。当然そうだ。ただそれをいつの時点で前面に押し出すのか。これは研究テーマによるが、あまり『役に立つ』を最初から意識すると研究の方向が、いや研究自体が阻害される。研究の重要な面である一般性、もっと大げさに言えば普遍性に関する考えがおろそかになる」

私は山岡を見て、三宅を見て最後に宮本さんを見た。宮本さんは私を無視して、申請書作りに励んでいるようなふりをしていた。私は続けた。

「こういうことをやれば役に立つ。一方、こういうことは役に立たない。しかし将来、遠い将来かもしれないが、すごく役に立つかもしれない。それなら将来、役に立つ研究はどうしたら見つけられるのか。それはそう簡単に見つけられない。そいつがわかれば苦労はないからな。オレが思うに将来も含めて役に立つということを全面に出すと、その研究は一番良い方向に向かわないように思う。それじゃあ、役に立つなんてことは全く考えなくていいのか。文部省の官僚が聞いたら、目を吊り上げるようなことだが、確かにそれもまた問題ありだろう。じゃあどうすりゃいいのか。もちろん、これに単純な答えはない。この研究はこういうことに役に立つということを初めに言わないといけないのか。おおよその見当をつけることは必要かもしれないけれど」

山岡が我が意を得たという表情をした。

「今、結城さんが言われたように、これはこういうことに役に立ちますとは言いたくない。言ったそばから、研究の品位と価値が下がる気がするから。もちろん、僕の研究がそんな大層なものとは思っていません。それとは別の話。また会社の研究は別です。最初からすぐに役立つためにとくるからね」

それを聞いてこういう奴と博士課程を一緒に過ごしたかったなと思った。

「そうだな。それにはオレも同意見だ」と言って少し間をおいて続けた。

「まあ、時は時、場所は場所を考えるとあの時のお前の答えは不本意なところもあるだろうが、あんなもんじゃないの」

「時は時、場所は場所を考えると到底そんなうんちくは話せませんよね」と言って、私の強い肯定を確認して安堵の表情を漂わせた。そしてすぐに硬い口調になって話した。

「でもあの時、なんで答えがすぐに出てこなかったんだろ。肝心な時に上がってしまったなんて。自己嫌悪でいやになりますよ。それで結城さんに迷惑かけちゃって」

山岡は失語症みたいになった自分を責めているようであった。

「かけてない、かけてない。その話はやめよう」と私が言ったら、突然、三宅が「あの終了のチンチンチンは良かったですね。それまではらはらしました。僕は二年後ですが頑張らなくちゃ」と言った。それを聞いて「三宅が初めて四年生らしいことを言ったぜ」と私が皆に向かって偉そうにうそぶいた。それから山岡のほうを

向いて、

「チンチンチンで大学院修士修了おめでとう。ハハハ、まずは良かった」と改まって祝った。

山岡は急に元気づいて、声を少し高揚させた。

「くやしいですよね。粒状体の力学に関する理論がまだこんなに貧弱だなんて」

それを受けて、頷いて強く同意であることを示した。

「山岡、お前がそれを感じているのを聞いて、嬉しいよ。粒状体にはまだまだ未知の現象が沢山ある。それを明らかにするためには粒状体の力学を論理的にはっきりと明らかにしないといけない」

「それは『言うは易く行うは難し』ですよ。僕も修士の二年間、それを考えました。その挙句の果てが先ほど発表した粒状体全体を摩擦体として取り扱うあの考えですよ」

山岡、一人であそこまで、よくやったと思うよという気持ちを込めて、話した。

「基本的にその考えは間違っていないと思う。ただ局所的な考えが全く抜けている。

例えばいったい粒状体に働く力は粒状体層内の場所によってどのように違うのか」

「そんなことは言われなくてもわかっていますよ。粒状体層内部の局所的なその場所その場所の力の関係はどうなっているのか。平面的な二次元でもいい、ところがそいつがわからない」

山岡の顔を見ると悔しさとこのことから解放された安堵と、就職が決まっている会社でもっと現実に手ごたえのあるいろいろな課題をやるぞといった将来に対する意欲とがめまぐるしく交互に現れる顔つきをしていた。私としては研究の話が出たので、もう少し山岡をそこに引き込むことにした。

「そうだな、流体力学と比較すれば分かりやすいよ。流体力学が何故あのように複雑な流体の運動を明らかにすることができるのか」そこで一拍おいて見渡すと、山岡はもちろん三宅も宮本さんまでもがこちらに興味ありげな顔を向けていた。

「その答えはニュートンの粘性の法則があるからさ。かの有名なニュートン先生が流体中のある点に働く応力はその点での速度の傾き（勾配）に係数（一定値でこの場合粘性係数と呼ばれる）を掛けることによって求まることをいろいろな現実の事象を調べて明らかにした。これによって流体力学の基礎方程式は少なくとも計算機を使えばいくらでも解けるようになった。

それで流体力学はどんどん発達した。基礎方程式といっても、元をただせば保存の式。物の質量はなくならなくて保存される。運動量も、それが持つエネルギーも保存されるということを表した保存の式さ。これらの式は力学系の学生であれば導くことが出来る。それに基本的にこれらの式は流体だろうが粒状体だろうが同じような恰好をしている」

ここで「これが何にでも出てくる保存法則さ」と山岡が合いの手を入れた。私はそれに頷いて続けた。

「ところが残念なことにこれらの式はこのままでは解くことが出来ない。お前らもよく知っているように、中学生の時の連立方程式は未知数の数と式の数が一致していないと解けない。まさにこの問題なんだ。簡単な連立方程式だろうと我々の連立非線形偏微分方程式だろうと未知数の数と方程式の数が一致しなければ解けない。

その未知数の数と方程式の数を一致させるのが、流体なら流体の物理的な性質に基づいた式、粒状体なら粒状体のそれに基づいた式、構成式と呼ばれているやつで、流体については先ほどのニュートンの粘性式があるわけだ。だから粒状体についてもこの構成式を求めればよいことになる」

長々としゃべっている私の話を頷きながら聞いていた山岡が急に大きな声で話し出した。

「そうなんですよ。構成式なんですよ。頭の中がかなりすっきりしてきた。オレは粒状体の摩擦だけしか考えずに、そればかりにとらわれて、一般的に構成式を考えることに気が付かなかった」

「でも粒状体にとって摩擦は一番重要な物理的性質だよ。だからまがりなりにもそれを考慮したお前の修論はよくやったと思うよ」

それを聞いて山岡の顔がくしゃくしゃになった。

「嬉しいことを言ってくれますね、結城先輩。結城さんと研究テーマが違うので今まで今日のように議論できなかったけど、もっと早く研究のことを話していたらよかったな。もう少しましになっていたかもしれない」

私も正に同感だというように頷いた。

「山岡、さっきお前の修論発表を聞いていろいろ感じることがあったよ。オレはな、今は空気中の微粒子の粒径測定装置の開発の基礎に関連させて気流中の微粒子の運動なんて流体力学に近いことをやっているけど、ほんとは粒状体の構成式を導いて、粒状体の力学を流体力学並みにしたいんだ。そして粒状体のいろんな未知の現象を明らかにしたいんだよ」

山岡は羨望の色合いを少し顔ににじませたが、すぐに、来月から会社で新しいデカイことをやるんだという決意と自信をみなぎらせた表情になっていた。

「是非、やってください。会社に行っても注目していますから。でも結城さん、粒状体の構成式はどのようにして求めたらいいんですか。オレもなんとなく構成式には気づいていたけど、そいつをどうして求めたらいいか、さっぱりわからなかった」

山岡は構成式をどのようにして求めたらいいのか、判っているのか、判っていなくてもヒントぐらいは判っているのかと問いただす視線を私にあててきた。

「正確には判らない。だってまだやっていないからな。オレは思うに、一番ストレートに粒状体の現象をよく表現する構成式に辿り着くためには、粒状体の粒子一個一個の位置、衝突や接触による変形、それによって生まれる力、速度といった物理量を粒子一個一個について直接計算する方法だと思う」

ここで私は一息ついた。皆を見渡して、ついてきているか、興味を持っているかを確かめて次に進んだ。

「山岡の修士論文のように容器に詰められた粒子群、オレも目指そうとしているんだが、その粒子群は粒子がぎっしりと詰まっている。粒子がぎっしりと詰まって衝突したり、接触したりしている時には一つの粒子は他の一つの粒子のみと衝突したり接触したりしているのではない。当然のことながら同時に他の粒子と衝突したり接触したりしている。

これはなぜ起こるのか？　物理的に言えば粒子が衝突、接触して離れるまでに時間がかかるからなんだよ。これはまた粒子が衝突、接触すると変形するということを意味する。一つの粒子が他の粒子に衝突、折衝し離れるまでに時間がかかれば、その時間内に別の粒子が衝突、接触してくるということさ。これがいわゆる多体問題だ」

山岡は立ち上がり、興奮しているようであった。

「なるほど、衝突、接触に時間がかかる。それは衝突、接触した粒子が変形するから、時間がかかる。それで多体問題が起こる。この説明いいですね。よく理解できた」

私は山岡に頷いて、皆を見渡して話した。

「この多体問題を直接計算するのは非常にやっかいなことになる。構成式を導き出すほど多くの粒子を一個一個直接計算することは不可能に近い。

これを避けるために粒子は他の一個の粒子としか衝突、接触しない、物理的に言うと粒子の衝突、接触する時間はゼロであると考える方法がある。そうすると一つの粒子は他の一つの粒子としか衝突、接触しない。なにしろそれにかかる時間はゼロだからな。いくら近くにいる他の粒子が衝突、接触しても、その時にはすでに衝突、接触していた粒子は離れているから。

すなわち二体問題で代用することが考えられる。この二体問題で分子運動論は飛躍的に発展したことはお前らもよく知っていることだろう。でもオレが思うに、二体問題はオレたちが目指す粒状体の物理を表現出来ないだろうと思う。たぶん摩擦やその他粒状体に固有な物理量を正しく表せないからだ」

山岡は腕組みをして頷いていた。そして近くの折り畳みの椅子に座った。三宅は面白いですといった視線を私に向けていた。宮本さんは学生の言うことなど、聞くほどのことはないと言いたげな様子であったが、こちらに聞き耳を立てているのは確かであった。

「それとも一つ、仮に何らかの形で構成式が得られたとしても、それを粒状体の基礎式に代入して、未知数の数と方程式の数が一致したとしても、非常に複雑なそれらの式をどのようにして解いたらいいかは分からない。もちろん数値的に解くことさえ判らない」

なかなかうまくはいかないのだぞといった表情で皆を眺めて、そして私は突然、決意を表明した。

「オレがそれをやるためには、早く一人前にならないといけない」

山岡はそれまでいい話を聞いたな、知っているところもあったけど、結城さんから聞くとよく理解出来たと感心しているようだったが、それを聞いてびっくりしたようになり、それから宮本さんを気遣うように声を少し落として尋ねた。

「一人前といいますと？」

まず山岡を凝視し、皆を見渡し、最後にまた山岡に視線を移して答えた。

「お前ら、助教授、助手の先生方を見たら分かるだろ。教授に言われた通りで、自分の意志なんてありゃしない。だから早く教授にならないといかんということなんだよ」

「え？　それは難しい。そんな、特別若くして教授になるなんて、特に工学部では不可能ですよ、結城さん」

「分かっている。だからここから出るんだ。出来るだけ早くここから出るんだ。そして出来るだけ早く一人前になり、自分のやりたい方向で、やりたい研究をやるんだ。だって、今も言ったように、工学部では、特にここのプロ工では、研究の自由は教授たちだけに与えられた特権だろ。助手や博士課程の学生には研究の自由なんてものはこれっぽっちもない」と言って、親指と人差し指を合わせてそれを示した。

「戦前の危険な環境下ならいざ知らず、ここに至ってやはり必要なのは研究の自由、言い古されたそれ、またそれか、といった感じはするけれど。おまけに世間的には大学の研究者の特権意識と非常に受けが悪いそれなんだけど、やはりそれなんだ」と言い放った。

居室の一番奥にいる助手の宮本さんが机の上からこちらを見据えていた。

「すねかじりの学生が甘っちょろい大きなこと言っているね。助手や学生の研究の自由なんて何処に行ってもあるわけがない。オレはお前らより七、八年、年上だけど、御覧の通りだ。何かというと申請書作り。雑用、雑用に追いまくられて、何故、オレがこんなことやらないといけないんだ。一体、以前のオレは何処へ行ってしまったんだろうってね」

山岡は立ち上がり宮本さんの方に近づいて、理解はしますが、と頷くようにただし強く不満げに話した。

「今日の発表の最初のところで戸田教授も言っていたじゃないですか、何故宮本さんは自分で思うような研究をしないんですか。雑用が多すぎるなら、少しは突っ返せばいいのに」

それを聞いて宮本さんは自分の机の脚を蹴っ飛ばした。

「山岡、お前、今なんと言った。突っ返せ、だと。突っ返す先は誰だと思っているんだ」

「そりゃうちの井上教授でしょう」

「お前、それをわかって言っているのか。だからお前ら、学生は甘くて無責任だと言うんだよ。助手のオレが研究室をたばねている井上教授に『僕は研究しますのでこんな雑用できません』なんて言えるか」

それを聞いて、私も宮本さんの方にこころもち向き直った。

「それは難しいでしょう。でも言わないといかんと思います。宮本さんの才能が埋もれてしまうかもしれませんよ。多少のことは押してでも言うべきですよ。研究する時間、そして研究の自由のひとかけらでもいいから取り戻すべきですよ」

宮本さんは口を少し歪めて平静さを取り戻そうとして、口の中で何かを呟いているようであった。このクソガキらとでも言っているように私には感じられた。一拍おいたので、宮本さんは年長者の普通の顔になっていた。

「結城、お前にしてはやさしいことを言うね。オレが助手だったら絶対に言ってやるとお前は思っているんだろ。ところが、結城、実際にはお前は言えないんだよ」

それを聞いて四年生の三宅までもが宮本さんと私の顔を見比べた。宮本さんは得意げであった。

「それは、結城、お前はここでは助手になれないからだよ」

どうだ、お前ら、よく分からないか？　オレが今から説明してやろうという表情で皆を見渡して言った。

「先ほどの山岡の修論発表の時、お前、何をした？　男気だしてエエカッコしたかもしれないけれど、戸田先生に皆の前で恥をかかせたんだ。これはほんの一例だ。戸田教授だけじゃない。他の先生方も、結城、お前を出しゃばりで疎ましい奴と思っているよ。だから結城、お前はここで助手にはなれないんだよ」

それを聞いて私は平然としていた。そんなこと痛くもかゆくもない。「宮本さんなら言うだろうと思った通りのことを言ったな」と心の中で呟いた。

「戸田教授に恥などかかせていませんよ。あの雰囲気から察するに、皆、戸田教授の度量の広さ、学生があんなふうに言っても、やたら叱責しないということに感心したんじゃないですか」

だけど心の中ではそうではないという気持ちはもちろんあった。宮本さんの言うようなことはあっただろう。でもここではさっきのように言うしかない。

宮本さんはまったくこいつはどうしようもないなという顔つきをした。

「甘いなお前は。あの雰囲気からほとんどの人は学科の重鎮である教授が、自分がした質問に対して、一介の学生から自分の質問を否定するような、生意気なことを言われて、さぞや心の中は煮えくり返っていることでしょうと思ったんだよ」

「ええ？　そうかな。そんなふうには思えないよ。山岡どう思う？」

「オレはだいたい結城さんと同じですけど、でもすいません。私がすぐに戸田教授の質問に答えていたら、結城さんがあんな発言しなくてもすんだのに。そうでなくても、結城さんがされた発言はオレがしないといけなかったのに、すいません」

「何がすいません、すいません、だ。オレと同じ考えなんだろ？」

「まてまて、結城、山岡はお前と同じ考えじゃないよ。同じ考えだったら、なんですいません、すいませんなんてお前に言うんだよ」

宮本さんは幾分風向きが彼に味方してきたので、余裕のある楽しそうな顔になっていた。

「それじゃ、四年生の意見も聞いてみようや。三宅、答えてみぃ」それを聞いた山岡は私だけに聞こえるようにささやいた。「戸田教授の真似、している」私はそれどころではなかったので無視した。

指名された三宅はまさか話が自分にまで及んでくるとは思っていなかったようで、あわてたが、次のように言い逃れた。

「僕は明日、発表で、山岡さんとほぼ同じ内容なので、山岡さんの発表と質問ばかりに気を取られて、結城さんの発言は聞いていませんでした」

宮本さんは「まったく、四年生は役に立たん」と怒鳴った。

私は宮本さんの机の前まで行って、上から宮本さんを見下ろすようにした。

「オレはここで助手なんかにはなりませんよ」

山岡の視線を背後に感じた。一気に話した。

「たのまれたってなるものか。オレは博士課程を修了したら地方に出ます。上が押し付けてくる研究しか出来ないこんなところに長居は無用だ」

それを聞いて、宮本さんは勝ち誇ったように、快活になった。

「そうしなさい、そうしなさい。博士課程を修了したからって、ここに残れるわけじゃないのだから。特にお前のような奴は、な！」

宮本さんへの反論を山岡が言いだそうとしたので、私は手でそれを制した。山岡はあまり自信がなかったのか、素直にそれに従った。宮本さんは椅子の背にもたれて、おおげさに気の毒がるような顔をして私を見据えた。

「言いたかないけどな、結城、地方に出るにしても、ここの先生方の推薦があったればこそ、出ることが出来るんだぜ。地方の国立大学って言ったって、ここと上下関係とまでは言わないまでも、何らかの系列的なつながりがあるんだよ。お前が博士課程を修了した時、井上教授も戸田教授も誰もお前の行き先の大学なんて探してくれない。もし万が一、お前が自分で探してきたとしても、その時相手の大学の教授がまずなにをする？　そりゃ決まっているだろう。お前の直接の指導教授である井上教授と全体のボスの戸田教授にお伺いを立てるように連絡してくる。そうしたら先生方は多分『結城君がおたくの大学の教官に応募していたとは知りませんでした。彼は、出来は悪くはないと思いますが、ただ少し生意気ですよ。応募も勝手にするということからもお分かりいただけると思いますが。少し扱いづらいでしょうね』といったことを話されるだろう。これでお前は一巻の終わりさ」

確かに二年後、これは高い確率で私に起こりうることだ。それにしても、想像逞しくして嫌がらせを言ってくれたなと思った。それで宮本さんが一番嫌がることをほんの少しだけ話した。

「宮本さん、人のことをそんなに想像する暇があるなら、自分のことを心配したらどうなんです。雑用、雑用と雑用のせいにしないで、自分の研究をしたらどうなんです。今日言われたように戸田教授はもちろんのこと、井上教授だって宮本さんがいい研究をすることを望んでいますよ。自分の研究をしなさいよ。どんどん年を取っていくばかりでしょう。今でもいいかげん年を取っているんだから。それに、宮本さん、オレには多少の自信があります。相手もいい研究者、いい教官がほしいのは当然でしょ。それになりますよ」

七つも年下の私からまさに聞きたくないことを言われたので、顔を赤くして、今にも椅子から立ち上がりそうにしたので、山岡が私を出口近くの折り畳みの椅子に引っ張って行って座らせた。宮本さんは、間があいて、しかも私と多少なりとも距離ができたので余裕をもって話してきた。

「結城、この際、もう一つ言っておこう。お前は地方に行けば、いい人ばかり、いい先生ばかり、いい学生ばかりとまるで地方大学がユートピアみたいに思っているようだが、そんなことがあるはずがない。ここも地方も似たようなものさ。いやいや、地方大学のほうが嫌なことはここよりも多いと思うよ。そうだろ、戸田教授のような世界的に一流な方なら気にもならないことでも、頭がいかれたような連中が偉そうにのさばっていたりしたら、そりゃもう耐えられないぜ。それに毎日付き合わないといけない学生、ここの学生と比べていいはずがないと思うよ」

それを聞いて、直接関係のない山岡が不安げに小さく頷いていた。私は黙っていた。

宮本さんは、そういう周りを見渡して少し得意げに、そしてこういうことは言いたくないというささかの羞恥の気持ちも浮かべて話した。

「結城、お前知らんのか？　ここの教授になるためには学部の成績が一番か二番でないといかんのを。オレはなあ、言いたかないけど結城や山岡より学部の成績はいいんだぞ。なんせ学部で二番なんだから」

それを聞いて私はいい年をしてそんなことまで言うんですかという表情をしたと思う。山岡が「その『一番か二番でないと』という話、聞くとすごく気持ち悪いんですけど」と言った。それを聞いて「天皇の乗る軍艦」という言葉が頭をよぎった。何か関係があるのだろう。もちろん関係がある。今も続く権力の黒い影が現れるたびにこの軍艦は浮上する。でも次のような普通の回答しかしなかった。

「そりゃ、過去のことで人の希望を砕き、人の未来を勝手に決めてしまうからだよ。

普通、聞いたら気持ち悪くなるさ」そして宮本さんの方を向いて一気に言った。

「そんな前近代的な古ぼけたこと、あるのやら、ないのやら、はっきりしたことは誰も知りませんよ。それに考えたらすぐにわかるけど、ここの先生方、あんな連中が出した問題にいい点、取ったってそれがなんなんですか。大方の人はそう思っていますよ」

「お前みたいな成績の良くないやつが、すぐひがんでそういうことを言う」

宮本さんのどこか後悔したような、だけど楽しそうでかつ勝ち誇ったような、幾分中年の入り口に来ている顔を見て、私はいくら冷静に考えても、ここに残ってなりふり構わず教授への道をひた走ることに全く魅力は感じないと思った。だけど学部の成績がいまいちだから、最初からギブアップしているのさ、と思う奴がいたら一発かましたいとは思ったけれど。

その時三宅が「宮本さん、そうだったんですか。すごいなあ。僕も成績はいいんですけど二番にはかなわないな。それで、こういうのって、使えばいいんですよね。使えるとこならどこでも。でも過信しちゃいけませんよ。結城さんが最後に言われたことはいつも頭に入れとかなくちゃ」と流暢に話した。それを聞いて山岡がホントにいけすかん奴だなという感情をあらわにしながら「こいつ、賢いというか、ズル賢いというか、まあいいや」と突き放した。

三宅が「結城さんや山岡さんは**ここ**のことをぼろくそに言われますが、**ここ**は自由な学風で有名なんでしょ？」と念を押してきた。私は笑った。山岡も笑った。「さっきの一番、二番の話といい、教授支配、ボス教授支配、オレたちのような有象無象は研究の自由なんかありゃしないことは四年生のお前にだって分かるだろ」と諭した。三宅は何も言わなかった。ただ不満げな様子ではあった。多分、「ここで先輩たちに逆らうのはマズイ。だけど僕はここに対する世間の評価が正しいと思うし、これからも末永くその恩恵にあずかるつもりだ」と言っているようだった。そして最後に我々を見た表情に「先輩たちだってそうでしょ。恰好つけているけど、やっぱり**ここ**の評価に、判りやすく言えば、**ここ出**にすがって生きていくんでしょ」という三宅の気持ちが読み取れた。腹が立った。しかし次の瞬間「偽善者か」という言葉が胸の内に湧いてきた。もちろん、その言葉は私に向けてである。

それに気づいたのか、三宅が意を決したような、そして多少嘲るような表情を押し殺しながら言った。

「ここのことについて結城さんや山岡さんが言っていることは全部お芝居！　なんでしょう？　心の奥の本当のことは言わないで」

私と山岡に交互に視線を向け、ただし視線を合わさず、少し下向き加減になりながら続けた。

「いい彼女と結婚して、結城さんなら助教授、教授に、山岡さんなら課長、部長、重役と出世して、幸福な家庭を築き、幸せな人生を送りたい。そのためには、**ここ出**であることを彼女にも、研究者社会にも、会社にもふんだんに利用する。皆本当のところはそうなんでしょう！　そのために受験勉強をしてここに入ってきた。それをひた隠しにしているけど、その効用はすごく大きなもので、皆それを利用しているんだ。結城さんや山岡さんは僕を嫌な奴と思っているでしょうが、僕は全く反対です。上辺と中身が違う人こそ嫌いです。一年間、この研究室で結城さんや山岡さんの話を聞いて、いつか言おうと思っていました。だから言ったんです」

途中から声のトーンが上がったようだった。三宅は下向き加減ではなく、我々をにらみつけていた。ここで三宅に反論したら、野暮ったい議論になってしまいそうで気は進まなかったが、話した。

「三宅、オレたちはお前のように**ここ出**ということを積極的に利用しないのはもちろんのこと消極的にも**ここ出**ということを利用しないよ。消極的というのは**ここ出**ということにぶら下がるということだ。我々は、事実は偽らない。だから**ここ出**であることを尋ねられたら、そう答える。ただそれだけだ。それと**ここ**がどんな所かを知る限り正確に相手に知らせる。いいところもあるだろうけど悪いところもいろいろあるってことを。**ここ**に入り、育ったけれど、それにぶら下がったりしない。**ここ**で育ったオレたちはオレたちの意志でオレたち独自の仕事をするんだ」

三宅はしつこく食い下がってくるかと思っていたら、そうでもなかった。

「それが本当なら、それはそれでいいと思います」と言って、卒論発表の資料に目を移していた。

宮本さんの言った一連の事柄も、確かに、一理ある。山岡は一理も二理もあるなといった様子をしていた。言いたいことの一部だが、それでも言えて、次回の機会を逃さないようにしようという決意が表情に出ていた三宅は満足げであった。それで、卒論発表の練習を早くかたづけたいと思ったのだろう、練習の指導を催促する目線を山岡に送っていた。

それで、この辺が潮時かと思って「四年生の面倒を見てやれ」と山岡に指示した。自分が引き起こしたことが発端となって、これ以上私と宮本さんがやり合うのは耐え難いという思いに、やれやれ助かったといったことが重なった様子で機敏に三宅に「資料を演習室に持って行って発表練習のプロジェクターの準備をしておいてくれ、オレもすぐ行くから」と伝えた。

私はそのような山岡の様子を見て幾分大人になったような気分になって「このまじゃいかんだろ、いくら同じ居室にいて慣れ親しんでいる宮本さんにでも」と山岡に目で合図をしてから、宮本さんに話した。

「今日は少し無礼なことを言ってすみませんでした。宮本さんの言われたことは参考になりました。有難うございました」

宮本さんも我に返って、こんな若造に「あほらし」というふうに後悔しているようであった。

「結城、お前も客観的に物事を考えろ。それにしても水を差したかな、ごめん」と言った。私はそれを聞いて、宮本さんは、本来こういう人なのかなと思った。三十もとっくに過ぎて、宮本さんこそもっと客観的に自分のことを考えたらいいのに。せめて講師にでもなれればなあ。三宅が演習室に向かってあたふたと出て行ったので、山岡もそれを追うようにして居室を出ていった。私は自席についた。

＊

二人だけになると宮本さんが私に向かって、声を落として言い出した。

「結城、戸田教授はオレのことどう思っていると思う？」

「さあ、詳しいことは判りませんが、今日の発表会での戸田教授を見ていると宮本さんのことを気に掛けておられるように思いましたが」

「第三者のお前でも分かるよな。戸田教授がオレのことといろいろ心配されていること」

「それはそうですけれど、戸田教授は誰にでもああいうふうなところがありますから」

「違う、違う。オレは特別なんだ。この間も、トイレで二人きりだった時、『井上さんとうまくいっているか。何かあったら、相談しなさい。力になるから』と耳打ちされたんだ」

そう言って同意を促すように私を見つめた。少し躊躇していると、宮本さんは続けた。

「結城、お前も知っているだろうが、オレは堆積したあるいは容器に詰められた粒状体層の内部構造を実験的に解明したいのだ。そのためには層の内部の状態を明らかにする必要がある。レーザー光の照射が考えられるが、内部まで明らかにするためにはどえらい強さのレーザーが必要になる。それは危険だし、その対策をすると金がかかる。ある種の電磁波でうまくいかないか、その他いろんなことを考えているのだ。しかし実験には金がかかる。井上教授はそんなこと考えてくれない。自分のやりたい研究に関する研究費の申請書は書かせるが、オレのこの研究に関する申請書は書かせてくれない。それで戸田教授、戸田研究室に徐々に入り込んで、戸田教授の肝いりで申請書を書くようにしたいと思っているんだ。それがうまくいって研究費が入り、研究成果が出れば、それは戸田教授とオレのものになる」と言って照れくさそうで、少しやましさがこもった笑いを洩らした。

「こうでもしないと、ここでは生き残れないのよ」

そう言い終わって、椅子にどっぷりと腰を沈めた宮本さんを見て、そりゃマズイじゃないですかと思った。

「宮本さんが自分のやりたい研究をなんとかやってみせるという意欲を聞けて、すごくいいと思いました。でも井上教授の力を過小評価していますよ。井上教授は他大学から引き抜かれてここに来た先生です。能力がなければ引き抜かれたりしないですよ」

宮本さんは黙っていた。数秒の時間をおいて私は続けた。

「井上教授のことを我々学生はなんと呼んでいるか知っていますか」

宮本さんはやはり黙っていたので、すかさず言った。

「百地三太夫ですよ。何を考えているのかわからない、でも恐ろしい奴っていう意味です。ただ者ではないですよ。宮本さん、よく気をつけた方がいい。戸田教授も井上教授も、我々から見ると海千山千の怪物です。それほどでなくても、どこかにそういったところを持っている人たちです。宮本さんこそ気をつけた方がいい。井上教授に先ほどのことは、絶対、気づかれたらいかんですよ」

宮本さんは誰もいない室内を見回して、後悔気味に話した。

「オレとしたことが、お前にこんなことを言うなんて。溜まり溜まったものを吐き出したかったのかな。それで少しは楽になりたいと」

苦痛と後悔が表れている宮本さんの顔を見ていると、「あのいけすかん宮本!」と何かにつけて呪っていた自分を恥じた。宮本さんが続けた。

「その相手としてお前を選んだのは、分からない。山岡や三宅よりはましと思ったからかな。あるいは、たまたまお前がここにいたからかかな」

苦痛と後悔の表情は変わっていなかった。もう一度周囲を見渡して、少し声を落とした。

「オレがこんなふうに追い詰められていること、それから先ほど言ったこと、誰にも言うなよ」

了解のしるしに指でオーケーの印をつくり二度示した。それから長い間、黙っていた。宮本さんの現状への不満、そしてなによりも不安な気持ちが伝わってきて、私の将来に対する不安をそれが増幅した。

その時、山岡と三宅が演習室から帰ってきた。

「これでやっと、練習、一回、終わった。あと何回かやらんといかんな」と自席に座った山岡が言った。三宅は不機嫌そうに黙って自席に座った。練習で山岡にこっぴどくやられたのか。私はそれらを無視して、さっきの不安を追い払うように、大きめの声で宣言した。

「オレは早く博士号を取って、ここを出て、自分の力で早く一人前になるんだ」

三宅が私と山岡を交互に見て、しかし鷹揚に言った。

「結城さん、それっておまじないですか」

こいつ、腹立つ奴だな、まだ何か言いたいことがあるのかと思っていたら、三宅が意を決したように続けて話し出した。

「先ほども言いましたように、ぼくは**ここ出**であることを利用することを隠したりしません。大いに利用します。そのうえで、僕は何でも自分の意志で決めます。それで自分の思い通りにやります。だけど卒論は山岡さんに言われたようにしてきました。それは自分で、山岡さんの通りにすればよいと決めたからです。卒論研究の配属がこの研究室に決まった時、井上教授に自分だけで研究したいと言ったんです。でも四年生だけだと小さいテーマで、これじゃあ、山岡さんのような先輩の下で見習いをした方がいい、それが修士に進学した時に役に立つと判断したんです。それで山岡さんの下についたのです」

私たちが「それで？」と問いかけるような顔つきをすると、三宅は「次が言いたいことです。言わせてください」と前置きして続けた。

「僕は将来、結婚して家族を持つようになるかもしれないけれど、家族ということに重要性を持ちません。何故かと言いますと家族あるいはその前の結婚相手には自分の意志が届かない所があるからです。自分は結婚相手がこのような人だと思っても、本当にそのような人か、絶対にそのような人かはわからないじゃないですか。仮にそのような人と結婚したとしても、その後どうなるか、まったく制御不能な所がいっぱいあります。その後に出来る家族なんて、全く制御不能です。だから僕は結婚なんてしないと思います。自分自身の意志で全てやり遂げる。自分自身は全てわかっている。自分に嘘をつくことは出来ない。自分以外の人はいくらよく知っていても、知らないところがある。疑問が入り込む。嘘があるかもしれない。だから疑問が生じる。そういうのはいやなんです。僕は僕だけ、僕だけで全てをやる。そこには何の疑義も生じない。普通の人たちにはこの気持ち、わからないと思うけど」と言って皆に、とくに私に視線を当てた。

こいつはだいぶんいかれたところのある奴だな。しかし一つ間違えれば、恐ろしい奴かもしれない。私は答えた。

「三宅、確かに世の中には信じられる人と、信じられない人がいる。お前が言うように信じられる人が信じられない人になったり、その逆になったりすることもある。しかしその判断はその時々の正常な判断力で決めればよいのだ。お前のように判断することが難しいので、最初から全部ほっぽり出したんじゃ、何もやっていけないよ。共同でやることが何もできなくなる。お前は何を恐れているのか知らないけれど、疑わしきは全てアウトでやろうとしている。最後はお前ひとりだけになって、何もできなくなるよ。三宅、そんなことを言う前にもっと正しくて正常な判断力を養うことに努力するべきだよ」

言い終わって、三宅を見たら、軽蔑したように私を見ていた。

「結城さん、あなたは本当に凡人ですね。うちの母親と全く同じことを言っている。僕は凡人なんかに分かってもらおうとは思わない。分かるはずがないし」

我々、正確に言えば、私だが、三宅に怖気づいたと思う。自分をこのようにさらけ出したのを恥じているようではあったが、それ以上に、過激な考え方で一方的に、凡人である我々を軽蔑しているところが。

我々が沈黙しているのを確認して、四年生、四年生と言って子供扱いしていたのに、僕が少し本性を現したらこんなもんだと言わぬばかりに我々を眺めた。以上ですという印にわずか頭を下げた。そして指で演習室の方を差して、出ていった。私も山岡も、多分宮本さんも三宅の狂信性と独断性に驚かされた。

今日はもう帰ろうと思って居室を出て玄関の方に向かおうとしていたら、オレもそっちの方から演習室に行きますからと山岡も一緒に歩き出した。

「三宅って、あんな奴だった？」

「一年間指導してきたけど全然知らなかったです」

「それにしてもストレートにあそこまで公言して、実行しているところはすごいな。**ここ**のおれたちは意識的にあるいは無意識的に**ここ**を利用している。大多数の人たちは三宅のようにそれを公言できない。公言するといろんな方面から非難され、ご利益がなくなってしまうかもしれないからだ。その大多数にオレも含まれている。というか、がんじがらめに取り込まれていて、そこから脱出することは非常に難しい。だけどオレが言ったように積極的にも消極的にも**ここ**を利用しないことだって出来ないことはない」

「結城さんの言う通りです。でも偽善性を完全に払拭出来ない気がどうしてもします」

黙っていた。山岡の言ったことを感じていたからだ。

「どこか、胸の内をえぐられた気はします。利用するのは皆そうなんです。オレも多少はそうです。ここを卒業していったやつら、ここに入ってこようとしているやつら、皆そうです」少し沈黙が続いた。山岡が後ろめたそうに、ためらいがちに言った。

「あのファナチックな感じ、ブルッときますね。何かあったんだと思いますよ。親かあるいは他の誰か」

「そういう詮索はやめよう。さっきの三宅はいつもよりまだましだぜ。あれだけ徹底できるところに、異様さと不安を感じさせはしたけれどね」

「了解。結城さん、今日はその話、もうやめましょう」

すぐに私が歩くのを遮って手を少し上げ、私を指さすようにして話した。

「結城さん、そんなに早くここを出ちゃいかんですよ。ここで頑張って下さい。粒状体の力学を流体力学並みにしてください。それは結城さんしか出来ないですよ」

それを聞いて私は「泣かせるなあ、山岡」と思った。すぐに我に返って、「申し訳ないけど、山岡、そうじゃないんだよ」と胸の内で思った。

「オレが今、どんなテーマで研究をしているのか知っているのか。微粒子の粒径測定装置の開発だぜ。そりゃこれは社会の役に立つでしょう。だけど何故オレがそれをやらないといけないのだ。オレはもっと基礎的で、現象のもとを明らかにする、将来的にもっと社会の役に立つ、それからこれが一番大事なことだけど、オレがやりたい研究をやりたいんだよ。研究の自由だ」

山岡は頷いていた。私は続けた。

「もちろんわかっている。博士課程修了まで今の研究、装置の開発は続けなければいけないことは。そうでなければ、井上教授はオレに博士号なんてくれやしないからな。それはいい。だけどだ、そのあともこんな開発研究に明け暮れしないといけないかだ」

山岡はうつむき加減になって頷いていた。それで私は続けた。

「それはまっぴら御免だ。若いうちから、より重要と思われる自分のやりたい研究に自分の力を注ぎたい。誰かが、ここに残って上の気に入る研究をすれば、それ相応の年になればここの教授になれますよ、なんていうささやきには全く乗らないし、興味はない」それから一拍おいて「地方に行ってもうまくいかない？　その時はその時さ」と言い切った。

「いいですね、結城さん。その潔いとこがいいですよ。ただオレが言いたかったのは、先輩、力ありますよ。先ほどのささやきとは違う意味で、そいつをここで発揮して欲しかったな」

私は山岡を直視した。そして言った。

「だから言っただろ、そいつはまっぴら御免だって」

山岡が私の肩をどやしつけた。「了解！」

山岡は演習室の方へ歩き始めたが、ふと立ち止まってこちらを振り返った。

「結城さん、何故プロセス工学なんかの博士課程に行ったんです？」

突然、その種のことを聞かれて戸惑ったが、ゆっくりと考えながら答えた。

「それは、プロセスなんていう現実の中にある現象の未知の道理を明らかにしたいからだよ。オレの場合は理論、計算でね」

言ってしまって、もちろんそれだけじゃないなと思った。山岡が「え？　他にも？」といった表情をした。私は付け加えた。

「それからこれが一番ホンネのとこだけど、凡人だからさ。有象無象だよ。でも良き凡人でありたい。三宅のような非凡人を見ると強くそうありたいと思う」

それを聞いて山岡は笑いかけたのを止めて真顔になった。

「もちろんオレもそうです。オレの場合、修士でここを出るのは、食いはぐれないように、ですよ。ここのプロ工の修士ですから」

そう言うと山岡は踵を返して、演習室の方へ歩き出した。通常、修士の学生は企業から引く手あまたで、だいたい自分が選んだ企業に就職できる。一方博士の学生は、ほとんどが大学の教官志望だが、その求人があるのやらないのやら不安定な状況で、おまけに教官志望でなくても博士の学生は修士の学生に比べて企業から歓迎されないのが常である。このことを山岡は言っているのだと思う。

山岡と別れて総合館の薄暗い玄関から外に出て北門の方に歩いた。その時ふと山岡は博士課程に進みたかったのだと思った。いや本当のところはわからない。

夕闇が訪れようとしている大通りの向こうを見ると薄紫色に霞んでいた。歩きながら春の匂いをかいだ。私は何かというと都、都といって自慢する押し付けがましいここの人たちを嫌いとは言わないまでもあまり好きにはなれない。でも水彩画のような、そして墨絵のような夕暮れ時のこの街とここの春の匂いは好きだ。

そう思っている時に、宮本さんと三宅が言ったことを思い出した。情緒的な気持ちは吹き飛んで、現実が周りを包み込み、複雑な気持ちが交差した。

アパートに近づいたころには冷静な気持ちになっていた。博士課程の残り二年間で井上教授から与えられている今のテーマで博士課程を修了して博士号を取ろう。ただしその二年間で、これが一番大事なことだが、粒状体の構成式の導出方法とそれによって得られた基礎式の解き方、数値的な解き方になるだろうが、を明らかにするように、勉強しよう。そして博士号を取ったら、出来るだけ早く、他大学に出よう。

来月には山岡はもういない。今指導している修士一年の新田は山岡のように話し相手にはならないだろう。宮本さんは相変わらずだろう。三宅は来月大学院に進学したら、うちの研究室から他の研究室へ変わるかもしれない。なぜかきっと変わると思った。

いつの間にか辺りはほの暗く光っていた。路地の奥で子供たちが甲高い声で名前を呼びあいながら、はしゃいでいた。路地の入り口では大人たちが腕組みをして軽く足踏みをしながら低い声で話していた。ここ独特の町内の催しの下相談か。横を通る時、忍び笑いが聞こえた。もう春だなと私は独り言を言った。高いところで街灯がぼんやりと光っている。その下を早足で歩いた。

＊

大学の本部事務棟から、山桃の並木を通り、突き当たりを左の方に百メートルほど行くと白い二階建ての小ぢんまりとした建物――広さは一、二階を合わせて約八百平方メートル――が松の林のなかに姿を現す。これが私の研究室である。私が所属する機械プロセス制御工学科の他の建物からは離れて完全に独立している。それがこの建物を気に入っている理由の一つである。三十数年前、私は福岡の理系の本大学に赴任し、その数年後に自ら設計して、この建物を建てた。

私の研究のほとんど全てがこの建物で行われた。多くの失敗、学生たちの不満の身振りと悲鳴に似た叫び、その後の私のえい！　チクショウ。夜の実験でモーターの唸りよりはるかに大きなロック、それを聞きつけてイヤホンを付けろという私の怒鳴り声、塀の向こうは養老院だぞ。数少ない、驚くような成功、学生たちのいつまでも続く歓声。深夜に皆でラーメンをすする音。それら全てが、この建物の空気を震わせ、消えていった。

本部事務棟で開かれていた教授会が終わって、この建物の玄関前の広場まで帰ってきたら、春先の明るい日の中に学科長の中村教授が先回りして、待っていた。「どうしたんです？」と聞いたら、「少しお話ししたい件がございますので」と言うので、部屋の方を指したら、「いいえ、確認だけですので、ここで失礼します」と言う。

「なんでしょう？」

「いや、その、結城先生は来年の三月に停年退官されますので、原則として、最後の一年間は教授室のみをお使いいただいて、それ以外の部屋は学科の方に返していただくことになりますが」と言ったが、すぐにこれを打ち消すように手を振って続けた。

「ただし、これは原則でして、それで先生のところに来年一年間、在籍している大学院生は何人ですか。その学生が使用する居室や実験室は一年間、お貸しすることが出来ますので」

立ち話にしては直接胸元をついてきたなと思ったが、これは十年ほど前に決まった内規であるので、その対処はほぼ決まっている。

「この四月から大学院修士二年生になる学生が三人だけだよ」

四年生で大学院志望の学生は停年二年前から私の研究室には配属されてこないので問題はない。博士課程の学生は現在ゼロなのでこれも問題なし。修士二年の学生は四人全員この三月に修了して会社に就職するのでこれも問題はない。

「だから彼ら三人のための居室が一つ、実験室と計算機室が一つずつ。それと私の教授室で全部だな」

それを聞いて中村教授は安堵したように感じた。「何もごねたりなんかしないよ。だってあと一年しかないんだから」と胸の内でつぶやいた。それを感じ取ったのか、温和なそして媚びるような表情になって言った。

「先生のような方が停年になるなんて、私としてはなかなか理解しがたいことです。今でもよく覚えていますが、初めて本学に助手として赴任した時、先生はすでに准教授、いや当時の言い方ですと助教授だったんですよ。研究業績が海外にも知られていて、皆こわがっていました。私なんか、遠くから仰ぎ見ていましたよ」

そう言って、仰ぎ見る格好をした。それが現状との違いを際立たせた。

当時、教授たちの間を、助教授たちの間を、おまけに学生たちの間を駆けずり回っていた彼を思い浮かべた。研究以外の多くの苦労を乗り越えて、ここまで来た彼を眺めていると優しい気持ちにならざるを得ない。そして現在の自分に対しては自然と次の言葉が出てくる。

「それがこのざまさ」

「だから、さっきも申しましたように先生が停年になられるなんて想像がつきませんよ。ちなみに私はあと四年で停年です」

「へー君はあと四年か。私と三つ違い？」

「そうです。私なんか何にもしないうちにこんな年になってしまって。結城先生は学部長も経験されておられるので、指定職ですから、退職金も我々なんかより最低でも一・五倍は多いそうですよ」

「ふーん、よく知っているね」

「だけどよく考えてみたら、停年というのも悪くはないと思います。それは先生のような方にも私のような者にも平等に来るからです」

私をのぞき込むようにした彼の顔にうっすらとした勝者の表情が表れていた。

「来年度の研究室の件、確かに承りました。一年間、先生が快適な研究生活をお送りになられますように、学科長として務めさせていただきます」

それで終わりかと思ったら、ニコニコしながら続けた。

「先生、私の停年までの四年間というのは結構長いですよ。小学生が入学してから四年生を終わるまでの時間を思い出してください。長いでしょ？　私はこういう時の時間はいつも小学生だった時の時間で考えるんです」

私が理解しかねているのを感じて、「最後にくだらないことを申しました。お許しください。今日は先生の貴重なお時間を拝借して、ありがとうございました」と丁重に言った時には先ほどの勝者の表情がより強く表れているのを感じた。

深々と頭を下げて、自室のある学科の本館の方に帰って行った。三月中旬のこの時期、大学院生や四年生の研究発表も終わって、学生たちはそれぞれ好きな所に散って行き、建物の中は誰もいない。私は自室に入って席に座った。

*

本学に赴任して最初の大学院修了式に出席しようと会場に行くと、「あ、そこの君、君の席はあっちだよ」と言って行く手を事務官に遮られた。事務官が指す方向に向かおうとしたら、そこは大学院の修了生の席だった。「え？」と言って戸惑っていると、隣の研究室の助教授が「この方は先生ですよ」と彼に耳打ちしたら、「え？　すみません。お若く、見えるので」と言って、恐縮して、教官の席に案内してくれた。一部始終を見ていた私の上司である上田教授は笑っていた。

上田教授は、高齢のこともあり、研究室の半分を助教授である私に完全に任せてくれた。その時点で、大学院生の時から切望していた、宮本さんや同種の人たちからそれはお前の夢想でしかないと言われてきた研究の自由を、博士課程修了から二年後に手に入れたわけである。

最初の四年生が五人配属されてきた。その内の二人は大学院に進学したいという。来年、彼らが進学すれば、私の研究室の最初の大学院生だ。ゼミ室で彼らに研究テーマを示し、自由に選ばせた。彼ら独自で研究したいテーマがあれば、それを言っていい。私とそれについて議論し、それで良いということになれば、その研究を卒論として研究すれば良い、ということも言った。ただし、彼ら全員、私が提示した研究題目を選んだ。

私は有頂天になっていた。妻の恵子は臨月近かったので、実家でお産をし、子供が少し落ち着いてからこちらに来ることに決めていた。私は一人でアパートに住んでいたので、大学院時代と同じような、いやむしろそのころより、生活上ではより学生の気分であったと思う。学生たちとよく飲んだ。

だけど次の年度になったとき、切実に実感した。私が独りよがりをしていたことを。

学生の居室の横の実験室に装置の出来具合を見に行った時、隣の居室の窓が開いており学生たちが話しているのが聞こえた。

「ここの研究室を選んだのはさ、第一にここでは自分で適当にやっていりゃいいので、ちゃんとやらなくたってなんとかなるってとこさ。オレたちは修士修了、四年生は卒業できたらそれで御の字。お前らもそうだろ？」

何人もが「オレもそう」と口を合わせて答えていた。そのうちの一人が「それから、この研究室ではただでよく飲めるってことがあるかな！」大きな笑い声が上がった。「先生、若くして助教授になったからか、そうとう気前いいぞ」ここでまた笑い声が聞こえた。別の声が言った。「粒子がどうのこうのなんて興味ないよ。そんなにめんどうくさいことは会社に行って給料もらってからやるさ」

私は深呼吸を三回した。そして音を立てないように実験室を出た。二階の教官室に向かった。歩きながら「宮本さん、あんたの言っていたことがいろいろ出てくるようだぜ」と胸の内でつぶやいた。

学生の自由に任せて研究をさせていては、研究として、論文として評価されるようなものは出来てこないのは当然のことである。自由にさせておけば、卒業や大学院修了のためだけに努力するので、ただしほんの僅かだが例外もいるとは思うけど、いい結果を出して、いい研究を先生とともにするなんていう気持ちは希薄であるというよりそんなものはない。私は彼等の仲間ではない。支配者なのである。彼等は最初からそれをよく承知していた。だからそれがあまり感じられないこの研究室を選んだのだ。私が甘かったのである。道理を見誤っていたのである。彼等に失望したなんて言ったら、笑われるだけである。

粒状体力学の構成式を誘導しなければならない。そのためには、多体問題を計算しなければならない。ところが出来ない。糸口さえ見つからない。それに若い助教授としてこの三、四年で研究業績が問われる。いい兄貴分になって、飲み歩いているだけではどうにもならない。

どうすればいいのか。私の研究指導を徹底し、正しい結果を出し、私が論文を書くことである。私の中にあった彼らに対する愛情の大きな部分が失われていった。誤解の上に生じた愛情なんて出来るだけ早く消えた方がよい。

私に今すぐ出来て結果を出せることは、長年培ってきた流体力学、それも粒子を含んだ現象として呼ばれる複雑流体力学しかない。流体の運動が主な働きをする場合、通常、粒子と粒子の間隔が大きい粒子濃度の薄い状態となる。粒子が密につまった粒状体の多体問題は当分休止だ。

私は粒子を含んだ流体力学の研究に舞い戻った。ただし私の意志で。だから粒状体に関する装置の開発研究はやらない。流体中の、主に気流中の粒子の複雑な運動を明らかにする。

例えば、微粒子、直径が千分の一ミリメーターか、それ以下の粒子を捕集する(集塵する)メカニズムを明らかにする。気流中の微粒子はそれ自身の密度と気流の密度の差によって生ずる慣性と空気分子の衝突によって生じる分子拡散によって主に捕集される。微粒子を含んだ気流中に置かれた円盤に微粒子が衝突捕集されるメカニズム、ジェット気流が平板に衝突することによって微粒子が捕集されるメカニズム、気泡が水中を上昇する時に微粒子が気泡と水との界面で捕集されるメカニズム等を、完全とは言わないまでも相当な部分を明らかにした。

それらの結果をまとめて論文にして、この分野で評価の高い米国誌に投稿した。査読審査を突破して、その五年ほどで、八、九編の論文を米国誌に掲載した。それによって学内での評価も上がり、大学院志望の学生も一流の研究に参加出来ると考えたのか助教授のみが運営している研究室にしては十分すぎるほどに増えてきた。

その頃か、あるいはそれより何年か前からだろうか、学科内で、あそこの研究室は学生を労働力としてコキ使い、学生の自由な意志や発想は全く認められていない、そして学生は先生の言うことのみに従い、計算結果や実験結果を提出し、先生の指示を仰ぐ、それからこれが一番いやなことだけど先生が計算機や実験装置の傍にしょっちゅう来て、ミスがないか、おかしなことをしていないか、常に監視している等という噂が立っているらしい。それにはうすうす気づいていた。私の研究室への四年生の希望者が徐々に減少していた。それがそのことを表しているのではないか。

それを最初に聞いたのは、その年の追い出しコンパの時に四年生がそれを漏らしたのを聞いた時である。その時は大学院生が「先生もみんなも一番いい結果を出せるように頑張ってきたんだから、いいじゃないか。え？　今日は飲もうぜ」と言って、うやむやになってしまったが、私の脳裏にはハッキリと残った。

二次会の支払いは私がした。次に行くというので、少し持たせた。例年のことだ。学生たちと別れて、繁華街からそれて暗い夜道を駅の方に歩いた。駅が近づくに従って人の数は増え、皆、駅の方に向かっている。終電に間に合うように、急いでいるのか。私も急がないといけないのか。時計を見たら、まだ時間はあった。集団で、大きな声で話すというよりも怒鳴り合うようにして急いで行く人たちもいる。

学生たちも、私がいなくなったらあのようになっているのか。駅へ急ぐ人たちの間を歩きながら先ほどのことを考えた。

身体はよれよれなのに、頭ははっきりとしてきた。学生は私の研究指導を受けて、それを自分の意志で進める。大きな方針と方法を与えて、あとは学生の意志に任せる。私が微に入り細に入り立ち入って学生の研究行為を監督規制してはいけない。これで国際的な学術誌に論文が掲載される成果が出れば言うことはない。彼らの成果は私の成果でもあるし、私自身で私自身の研究を進めることが出来る。しかしそうはいかない。学生自身に任せて出来るほど研究は甘くない。私自身のみで進める研究では一つの研究室とし出てくる成果にしては少なすぎる。

研究業績を上げるためには教官の指導を徹底し、肝心な所は教官が、そうでなくても教官と学生が一緒に実験あるいは計算を行い、学生たちを労働力として研究を進める方法をとる必要がある。私はほぼこれと同様な方法で研究室を運営している。

理論式の誘導は私がやり、数値計算のプログラムは私と学生が一緒になって作成するといった具合である。この場合、学生は理論式を理解せず、計算プログラムのデータの出し入れ、結果のグラフ化等のみに使われ、教官の手足となって労働力を提供するのみと非難されることになる。私が以前**あそこ**で大見得切って主張していた研究の自由とは真っ向から対立する。

本学では、全て学生の意志に任せて、その結果が学術誌に掲載されることは初めから考えていない研究室もある。また教官がやりたい研究を自分だけでやる、あるいは自由意思で手伝いたいという学生のみと研究をするという研究室もある。

このような研究室は学生の人気は高く、配属を希望する学生は多い。ただしこのような研究室からの研究成果は乏しい。前者はゼロであり、後者は優秀な成果が出る場合があるが、その頻度は小さい。ただし後者の場合、限られた領域で採用されたらいい運営方法になるかもしれない。

それでは私の研究室に配属になるメリットは何か。この分野の第一線の、そして世界的に一流な研究の遂行に寄与することが出来ることか。言われた通りに労働力を提供すると、必ず期日どおりに卒業、修了させるという暗黙の了承があるためか。終電のつり革に身体を支えながらなおも考えた。学生の研究の自由、それによる教育効果。研究室の研究成果、これは私の成果だが。この相反する二つをどのように取り扱ったらいいのか。

乗り越さずに最寄りの駅に降りることが出来た。改札口を出て、エスカレーターで駅の広場へ下り、タクシーを待つ行列の横を通って、向こうの駐車場を見たら、一番手前の車から窓越しに合図する恵子を見つけた。

助手席のドアを開けて中に座ったら、

「大丈夫？　少しふらついているけど」

「大丈夫だよ」と言ったら、アハハという笑い声が自然に出てしまった。後ろの座席にいる娘の高子を見つけた。

「あれ、高子もいたの？」

「パパ、酔っ払っている。大丈夫？」

「これこの通り」と、大げさに姿勢を正して見せた。そして「アハハ」と笑ってしまった。

車を発進させながら恵子が話した。

「いつも、こういう時、心配なんだけど」

「何が」

「あなたが学生に殴られたりしないか」

「ええ？　殴られなんかしないよ」

「なんとなく感じるんだけど、学生さんに厳しすぎるんじゃないの？」

それを聞いて、驚いた。恵子に気づかれるような、何かがあったかなと思い返したがわからない。

「まあ、そんなことはないと思うけど、だけど君がそう感じるなら、そういうことがあるかもしれない。その辺は少し考えることにするよ」

「工学部なんて、あなたの話からだけど、学生さんあってのものでしょ？」

「うん、そういう部分はあるな。了解」と言って話題を少しずらした。

「殴られるってことだけど、この間、学園祭の時、変な奴らが入り込んできて、オレの前を与太りながら通って行ったんだよ。その時一緒にいた学生に、アイツらオレに殴りかかってきたら、オレはちゃんとかわせたかなって聞いたら、それはどうですかねと言われちゃった」アハハとまた笑った。

「何それ。そんな時は、遠回りしてさけて行かないとだめよ」

私がまた笑ったら、高子が聞いてきた。

「パパ、お酒飲んだらすぐ笑う？」

「パパはお酒を飲むとね、どっか、神経のスイッチがいかれちゃうのよ」

「スイッチ？」

「そう、スイッチ」

「お酒を飲んでいるって何故分かったの？」と私が尋ねた。

「お酒臭いもん」

「そうか」

「ねえ、パパ、また今度パパをお迎えに行く時、ママと一緒に行っていい？」

「そりゃいいけど、だけど子供が夜遅くまで起きていちゃね」

「そうよ、高子、子供が夜遅くまで起きていちゃだめ」

「悪かったな。これから迎えに来てもらうの、頼まないことにするか」

タクシーを待つ人の列を思い出した。

「歩いたって、何ちゅうことはない」

一瞬の間合いがあって、

「私、迎えに来たいんですけど」

「高子もいく！」

私はまたアハハと笑った。

*

それから一年半ほどたった秋の終わりのころ、大学院修士二年の安岡からお話ししたいことがありますので、教官室にお伺いしていいですかという電話を受けた。話の内容は分からなかったが、就職が決まった会社のことでも聞きにくるのかと思って、「いいよ、今すぐ来てくれ」とそれに応じた。

安岡は部屋に入ってくるなり、「森田のこと、何か聞いていますか」と言う。私が怪訝な顔をしているので、「いやそうじゃなくて、ですね、森田のこと何か覚えておられますか」と聞いてきた。

「何のことだ？」

「全然、覚えておられません？」

「言っていることが分からんな」

私の机の横にある学生と研究結果に関する討論用の机の前に進んで来たので、座るように促した。安岡は卒業して就職した後、退社して大学院に入り直した学生である。同学年の森田よりは三つほど年上で、研究室のまとめ役である。私はもう一度「何のことだ」と聞いた。

安岡が声を落として答えた。

「じつは、森田が、先生から暴言を受けたと僕のところに言いに来たんです」

私は予期しないことで、記憶になかったので驚いたが、間髪容れず尋ねた。

「どんな暴言をオレが森田に言ったって、言っているんだ？」

目を伏せて、言いにくそうにしていたが、すぐに姿勢を正して、一気に言った。

「死ねと言われたと森田は言っています」

「何？」

私は驚いた。が次の瞬間、記憶を急回転させた。記憶にはない。

「そんなこと言ってないよ」

「僕もそう思うんですが、森田は強くそう言っています」

「強かろうが、弱かろうが、オレはそんなこと言ってないし、記憶にも全くない」

「何か、ふとしたことで、軽い気持ちで言っておられませんか」

「言ってない。そんなこと絶対に言ってない」

もう一度、記憶を辿ったが、覚えていない。安岡が不安そうな様子でこちらを見ている。親父さんと言われているにしてはまだ若いな。私が博士課程のころと同じくらいか。

「森田を呼べ。彼に直接話を聞かないとどうしようもない。安岡、お前は立会人だ」

最初から予想していたとみえて、すぐに立ち上がり、部屋から出ていった。

もう一度、この二、三週間、いや一カ月の間の森田とのやり取りを思い出そうとしていた。その途中にノックの音がして、二人が入ってきた。座るように促しながら、森田を見たら、普通で、いつもと変わらない様子だった。出来るだけ冷静さを保った。

「安岡から聞いたんだけど、いつ、どこで、オレがそういうことを言った？　全く言った記憶がない」

前もって考えていたのだろう、すらすらとそれに答えた。

「先生が、私が作ったプログラム、アウトプットするデータを用途別に選別するプログラムに誤りがあることを見つけられた時です。場所はここです」

「ああ、あの時、あの時は覚えている。あの時は頭に来たけど、そんなこと言ってないよ」

「言われました。あれで、一カ月以上全部間違ったデータをアウトプットしていたことが分かった時です」

「あの時は全部やり直さないといけないことが分かって、本当に頭に来たけど、そんなことは言ってないよ」

「言われました。あの日は帰って眠れませんでした」

「いくら頭に来たって、そんなことを、教師のオレが学生の君に言うわけないだろう！」

森田の表情が少し変わったように見えた。

「だけど言われたんです。先生は分かっていないんですよ。先生はオレたち学生のことをなんと思っているんですか。なんとも思っちゃいないんですよ。だからそんなこと言ってもすぐ忘れちゃうんです。なんの後悔もしていない」

「まてまて、オレは君たちをそんなふうには思っていないよ。言っているじゃないか、学生あっての研究室だって」

言ったとたん、やましさが膨らんだ。それと同時に井上教授の顔が浮かんだ。そして戸田教授も。森田が敬語なしで言った。

「よく言うよ」

それを言って、より冷静な森田になったように感じた。その言葉から受ける私の反応を観察しながら続けた。

「僕は大学の教官になるためにここに来たわけじゃありません。企業のエンジニアになるためにここで修士まで進んだんです。だから、先生のレベルの高い研究を押し付けてほしくないんです」

私は即座に反応した。

「研究の自由、四年生、大学院生、教官、ここなら助教授、それら全員の研究の自由、それが達成されたら、それは素晴らしいことだ。しかし一方で厳格な研究成果が要求される。自由と成果。これらの間をどのように折り合いを付けたらいいのか。将来にわたって完全には解決されない問題として残ると思う。それでここはオレが責任を持つ研究室なんだからな」

「先生の言われることは分かります。でも言われていることと少し違います。ここの大部分の学生は企業のエンジニアになるためにここに来ているんです。営利を目的とする企業の研究と一部の大学の先生が目指す真理の探究のための研究とは違います。少なくとも、ここの機械プロセス制御工学科では違います。だから先生のその手の研究を押し付けて、その成功のために、こき使うことはやめてほしい。私たちも研究は好きです。だけど、いくら良いテーマかもしれませんけれど、理論を理解してもいないのに、それには目をつぶって、労働力だけを実験や計算機の出し入れに使うような研究はいやなんです。僕の力、能力を使って、研究をやりたいです。それが、先生が思っておられる研究よりもずっと程度が低いとしても、です」

ここで間を置いた。こちらの反応をうかがっているのだろう。私が冷静で怒っていないのを確かめているのであろう。

「君たち、学生の研究の自由を研究成果との兼ね合いでどこまで尊重するか。今後考えていきたいと思うよ」

これを聞いて、森田の顔に明るさが射したように感じた。森田が言った。

「研究って何ですか。先生が僕たち学生に言われたことを今でも一字一句、覚えています。先生は次のように言われました」森田は続けた。

「大学の研究者なんていうのは一握りで、それ以外に我が国だけでも数百万人の人たちが研究をしているのだ。それには研究と言えないようなことが含まれているかもしれないが、やはりそれは研究なんだよ。だから多くの人たちが研究をしている。目の前の技術的なことを改善するために等々」一呼吸おいて続けた。

「粒状体を平板の上に高く積み上げるためには、出来るだけ多くの粒子をそこに積み上げないといけない。大部分の粒子は崩れていくが、それらを基礎としてピラミッド状の山が形成され、高く積まれた部分が形づくられる。この高さはそこに供給された粒子の量と平板の広さに比例する。ノーベル賞を受賞した研究者は、たまたまその一番高い所にいた研究者で我々がその人たちを支えているんだよ。それよりこの方がはるかに大事なんだが、山の高さより山全体の大きさなんだ。我々の一つ一つの研究がそれを創り上げているんだ」

私が以前森田に言ったことを彼が言い終えたとき、博士課程のころ山岡たちに言ったことが脳裏をかすめていった。「ノーベル賞を受賞した人が天才か。少なくとも我が国のそういう人たちを見ると、そうじゃないと思う。彼等は人一倍才能には恵まれているでしょう。でもオレたちと基本的に変わらないと思う。受賞されたA先生の研究会に出たことがあるけど、先生はなにげない初歩的な質問をされることでテーマの本質と現在の問題点を浮き彫りにされることには感心しました。でも、不肖私にも、バックにあれほどの権威を与えてくださるなら、出来ないことはないと思いましたね」「それはチョット自惚れが強すぎじゃありませんか」「へーえ、結城さん、A先生の研究会に出たことあるんですか」「もぐりだけどね。まあ、それはいいとして、粒状体の力学なんていう分野は地味でノーベル賞なんつうこととは関係ねえ。それでも我々は粒状体の力学の研究をやるんだ。それも、喜んで」「食うためということを考えても、確かにそれだけじゃないですね」「じゃあ、それはなぜなんだ?」「僕は博士課程に進学しませんが、それをさておいても、おもしろいからですよ」「じゃあ、何故おもしろいんだ?」「それは着目している現象の分かっていないメカニズムや仕組みを明らかにするからですよ。たとえ今、役に立たなくても、注目を集めなくても、です」「一部はそうだろうな。でもそれで完全解とは言えないと思う。オレも分からない」

私が記憶を振り払おうとしているのを察しているように、少し間を置いて森田は続けた。

「僕は会社にもうすぐ行きますが、そこで新しいプロセスの開発とその実証実験か、工場管理法の開発か、設計管理プロセスの開発か、もっと泥臭いことか、いずれにしても研究をすると思います。それが研究といえるかどうかは問題ですが、僕はそう思っています。僕のような多くの普通の人がする研究が大事だと思っています。これは先生から学んだことです。僕は先生から学びました、多くのことを、すごく。でも先生のやり方に従うことができないこともあります」

森田の表情が柔らかくなっているのが分かった。

「先生が研究熱心なのはわかっています。それは何のためですか。早く出世してもっと大きな先生自身の自由を得たいからですか」

私は黙っていた。今何か言うと誤魔化しになる。私の心の内を読んだからか、それを手で振り払うような仕草をして続けた。

「でも、この研究室の業績が上がるということは先生のためだけじゃない。本学のためにもなるし、大げさに言えば社会のため、日本のためにもなります」

森田、最後に言ったことはそうだと自負しているけど、正直、口に出して言うほどのことはないな。森田はそれを察したのか、笑いを浮かべていた。

「ここまで言いましたので、先生のお気持ちはだいたい分かっているのですが、お願いします、先生、我々をもう少し認めてください。それから、全てとは言いません、もう少し、自由を下さい。そうしたら、この問題は終わりです」

それまで、森田を制止するような仕草をしたり、頷いたりしていた安岡が、急に立ち上がり、一度頭を下げて、言った。

「先生、どうでしょうか。森田もそう言っていますので。どうでしょうか」

二人が私を見つめている。どうでしょうかって？　脳裏を、「戸田、井上の都落ちした矮小化版か」がよぎった。それにはなりたくないが、まさにそれになっている。

頭の中で考えを巡らし、結論らしきことを引き出した。

「森田の言うことは分かった。君は実験の方をやりたかったんだね」

「そうです」

「それじゃ、森田には実験の方を任せることにする。ただし私と連絡を密にすること。計算の方は私がやるよ」

もう一度森田の確認を取ったら、はいと頷いた。修士二年生の学生に戻っていた。

「それから、森田が言っていたように、学生諸君とのやり取りには、学生諸君のことをよく考えてやるようにするよ。それで、安岡、君や他の大学院生はどうなんだ？」

安岡は待っていましたと言わんばかりに話した。

「私は今まで通り、先生に研究指導していただきたいです。他の大学院生も私とほとんど同じだと思います。先生が最後に言われた我々学生のことを尊重していただけるなら、それで十分です」

こんなにうまくいくとは思っていなかったようだ。二人とも、正直に明るい表情を浮かべていた。安岡が、音がでないように手をたたく仕草をした。

「これで一件落着。ありがとうございました」

森田は「私の話を聞いてくださり、ありがとうございました。先生を誤解していたこともあったように思います。反省しています」と言った。

私はふてくされているわけではなかったが「別に、誤解なんかしてないさ。いいよ」と返した。

それを聞いて、森田がこのこととは関係ないことですが、もう一つだけ言わせてくださいと言って話した。

「先生のお名前は結城普一ですね。普一、先生をよく表しています。普通の中の一番。でも先生は普通の人です。そこが一番いいところですが。先ほど僕のような多くの普通の人と言いましたけど、意味が少し違いますが、普通ではない人になりたいです。そこしか僕のような者が超一流ブランドの先生のような人に勝つ方法はないからです。あるところでは非凡に！」と言って頭を下げて私のそれに対する言葉を受け付けなかった。

二人は出て行った。

安岡が部屋を出た廊下で「これでよかった！　オレの言った通りだ。例によって頭の回転、速いぜ」と言っているのがかすかに聞こえた。そして遠ざかっていった。森田の声は聞こえなかった。森田は山岡をもっと知的にしたタイプだな。だけど山岡に持ったような感情は森田には湧いてこなかった。

「オレが普通の人だって、そりゃそうだろう。オレがブランド品だって？　そうとも言えまい」と呟いた。

確かに、言った記憶はないが、あの時森田に憎悪を感じたのか。データの選別のプログラムは、データが表面上は似通っているので、何重にも選別する必要がある。その最適な方法は複雑であった。私がプログラミングして彼に渡したら、一部変更した。部分的にでも自分のオリジナリティを主張したいならそれもよかろうと思って私は了承した。しかしその時点で無礼な奴と思うのは自然であろう。変更した部分が間違っていた。それも一カ月以上経ってから分かった。憎しみと変更を了承したことへの後悔が教師という立場を忘れて、あのようなことを言ってしまったのか。学生に対する失望感は、学生には謂われないことだが、赴任した最初のころの失敗以来、私の中に続いている。しかし言っていない。全く記憶にない。あの時、森田を強く叱責したのは覚えている。あの時の状況はよく覚えている。にもかかわらず、あのことを言ったことのみ、忘れるということはあるだろうか。それはない。しかし森田が聞いてもいないことを聞いたと言い張るだろうか。言わない。言うわけない。

取り残されたようになって、座っていた。しばらくしてつぶやいた。

「本当のところ戸田、井上両教授の劣化版と言えないこともないな。泣けてくる。研究の自由か」

＊

教官室の窓からキャンパスを見ると、背の高い楓の間を広い道路が走り、初冬のこの時期、落葉しているので遠くまで見通せる。垂直に高く伸びるこの木々は骨格だけで創った芸術品のように見えて、紅葉した時とはまた別の美しさを呈する。

突き当たりに電気棟がそびえて見え、その途中を右に曲がると機械プロセスの本館、建設土木棟、金属棟、化学棟と続く。左に行けば情報棟の大きな建物がある。この専門学科と大学院の領域にはほとんど人けがない。学生たちも居室や計算機室や実験室に籠もっているのであろう。

ここへ来てずっと他の教官との親密な交流はない。表面的な付き合いはもちろんある。これは私だけではない。一人ひとりが各自の教官室に籠もっているからか。それもある。しかし各人のエンゼルフィッシュのあの状態が起因していることもあるだろう。

山岡とは、彼が会社に就職してから十数年経ったころ、たまたまプロセス工学会の春の年次研究発表会で出会った。若い部下と思しきダークスーツの人たちを引き連れていた。今、終わったのであろう、彼らの研究発表をねぎらっているようであった。四、五人のダークスーツが山岡を取り囲み、中心にいる山岡が一人ひとりに話しかけ、そのたびに笑い声が起こっていた。あるものは手をたたいてはやしているようであった。たぶん講演発表でとちったのを茶化しているのであろう。

腕組みをして彼らを眺めていると、すぐに私に気が付いて、彼らを制止して急ぎこちらにやってきた。

「結城先生、お久しぶりです」と言って、握手を求めてきた。彼の手を強く握り返した。

「先生のご活躍は伺っていますよ」

顔を少しそらして、私をよく見えるようにした。

「若いなあ、全然変わってないじゃないですか」

一つ違いの私に何の躊躇もなしに先生と言ったのには驚いた。快活な赤ら顔は変わっていなかった。いやむしろ吹っ切れて、すがすがしく、それで若々しく感じた。

「何言っているんだ。おれはもう三十六だよ。若くはないさ。自分が本当にやりたいテーマの研究をやらなくちゃあと少し焦っているとこだ」

彼は笑った。そして手をたたいた。十数年前と変わっていなかった。少し間を置いて、

「結城先生、ほら、あの研究、あのころ**あそこ**でよく話していた多体問題を計算する粒状体の構成式の研究、進んでいますか」と聞いてきた。

十数年ぶりに会った山岡からこのような質問を受けて、驚いた。

「山岡、お前よく覚えているな！」

「覚えていますよ！　僕は先生に託したんですからね。粒状体の力学を流体力学並みにすることを。僕もそれをやりたかった。でも僕の能力といろんなことを考えると結城先生に託すのが一番いいと分かったんです。我々の周りで、出来るのは結城先生しかいない。諦めないでください。まだまだこれからです」

私は山岡の血色の良い赤ら顔を見ていた。こんなところで、山岡、お前にこんなことを言われるなんて。**あそこ**から出て十数年、励まされたのは初めてのような気がした。私はこういう励ましがほしかったのだと思った。ずっと以前から、山岡のような奴から。

薄日のさす中を分厚い研究発表要旨集を持った集団の塊がいくつも通りすぎて行った。研究発表の内容についてよりも、久しぶりに会ったお互いの消息や今夜の飲み会の誘い合いが会話の内容であった。

自分の感情を隠すように、そして彼の気持ちをほぐすように言った。

「山岡、オレに先生、先生というのは、やめろ。あほらしい」

山岡は大きな声で笑った。

「言えてます」

笑いを少し止めて、右手の人差し指を小さく振りながら話した。

「でもそうはいかないんですけどね、結城先生。世間の風には私の方がだいぶん強く受けていますよ」

山岡がてれたような笑いを浮かべた時、少し老けたかなと思った。

「山岡、お前の察しの通りだ。申し訳ない。構成式についてはほとんどまだ進んでいない。多体問題で行き詰まっている」

「これでも、結城先生の論文はだいたいどれも、チラッとですが、眺めています」

「バレてるとは、思っていたけど。今、主に複雑流体力学、特に粒子の乱流についてやっているよ」

「あれ、すごいじゃないですか。米国化学工学会誌に掲載された論文の中で粒子の乱流拡散についての論文、あれちゃんと読みました。聞くところによりますと世界的に反響が大きいそうですね」

ここでまた右手を振りながら、私の返答を待たずに、そんなもの今必要ないといった表情で、続けた。

「でも、でもですよ、先生、本命は粒状体の構成式ですよね」

それを聞いて、乱流拡散に関する返答は吹き飛んで、なぜか嬉しさが込みあげてきた。あのころ、博士課程のころ、先行きは不安だったけれど、やる気は満々だった。それがまた湧いてきたように感じた。

「あれ、山岡！　言ってくれるな」

彼の赤ら顔をながめた。笑っていた。老けていない。

「そういうことを言ってくれるのはお前だけだよ。昔、言っていたエンゼルフィッシュの話、いろんな意味があるね」

「何を言っているんですか。熱帯魚のことなんてどうでもいい。先ほども言いましたけど、諦めないでくださいよ。先生ならやれる！」

「有難う。複雑流体力学の問題には少し余裕が出来てきたので、構成式に比重を移していくよ」

山岡に私を羨む気持ちがわずかに出ているのに気づいた。

「すまん。オレのことばっかり話して。お前のことを話せよ。うまくいってそうじゃないか」

「僕はもちろん、研究なんかやっちゃいないです。今はうちの会社をどううまく切り盛りしていくかのど真ん中ですよ。これも研究といえばそうとも言えなくもないけど」

「オイ、積もる話もあるから、今夜、飲みに行こうぜ」

私は快諾を得られると思っていた。山岡は少し離れた所にいるダークスーツの人たちに小さく合図を送って、私の提案には答えずに話した。

「あいつら僕の部下ですけど、彼らの今日の研究発表にしても、日頃の苦労に対するご褒美みたいなものですよ。僕はもう研究どころじゃない」

そこに初老のダークスーツの紳士が現れると山岡の態度は一変して、彼に駆け寄った。彼の部下たちも駆け寄った。

「常務、お待ちしておりました」

「発表の方はうまくいったんだろ?」

「ええ、うまくいきました。よくやりました。わが社の研究面での底力を示すことができたと思います」そう言って、山岡は私の方を一瞥して、常務に報告しているようであった。常務は私の方を見て、別に近づきもせず、

「山岡がお世話になっています」と慇懃に言った。

「お世話になっています」と返した。

よく聞き取れなかったが、彼等は会話がはずんで、常務が親しげに山岡の肩を叩いていた。皆が笑って、山岡が照れているようだった。彼等はほとんど私には無関心だった。さっきの私の飲む提案への返事は聞いてないけれど、「こりゃ無理だ」と小さくつぶやいた。

話が一段落したのか、常務と山岡を囲んで彼等はゆっくりと遠ざかっていった。別れ際に山岡が目礼した。私はこころもち手を上げてそれに応えた。常務は私の方を見ることはなかった。常務の大きな笑い声が聞こえた。部下の一人が「山岡課長ってすごいですよ」と言っていた。私もその場を離れながら、うまくいっているようだと思った。エンゼルフィッシュも時間が経つとその環境になじんでくる。

「山岡は変わった、あたりまえだけど。いや、山岡は変わってない、ああいうところがあったのだ。あたりまえだけど」と呟いた。私は？　あの熱帯魚の環境がいつまでも忘れられないのか。

突然、森田と安岡の顔が脳裏に浮かんだ。親しげであるが、心の深いところでは私との間に溝があることを感じさせる顔を。では山岡はどうなのだ？

振り返り山岡たちが遠ざかっていった方向を見つめた。我々は**あそこ**で青年期をすごした。そこには考えや感情の構造がよく合う同輩や後輩がいた。彼等と意気投合したり、励まし合ったりすることを望んだ。ひと時の充実した至福の時。そしてそれぞれがそれぞれの方向に進み、気づいた時には誰もいなくなっていた。現実に遭遇するたびに、ただ佇むだけなのか。

*

人は研究業績と簡単に言ってくれるけれど、なかなか大変だ。紆余曲折を経て研究結果が得られたとしよう。次にそれを論文にまとめるのがひと苦労だ。その過程で計算、実験をやり直さなければならないことだってよくある。論文が出来上がって投稿しても、その投稿自体、電子投稿なので、ささいな、取るに足らないことで拒否されることだってままある。英文が良くない等、もろもろの理由で突っ返される場合がある。論文が受理されても、編集者の段階で返却される場合がある。それを免れると初めて査読者による審査が始まる。二、三人の査読者がどのような判断を下し、質問をしてくるか。その前に査読者の判断で返却されてくる場合もある。返却を免れると、質問状がメールされてくる。それに答えて、何回かやり取りが繰り返される。査読者と編集委員が納得すれば、そこでやっと掲載決定となる。思い出すだけで腹が立つ場合がいろいろとある。

その最初の、最も重要な段階である研究の実行をどうすればよいのか。安岡のような学生と森田のような学生の兼ね合いなのか。安岡のように、私の全面的な指導を受けて、私のもとで研究を行う場合でも、学生たちを教育し、学生たちの能力を高めているので、大学としての使命を果たしているとも考えられる。しかし森田はそうではない。自分自身の意志で、力で研究、創造的な活動をしたい。

例えば、理論的な研究の場合、理論的な蓄積が少ないと、最初から理論的土台が小さい研究展開とならざるを得ない。一方、創造力となると経験や年齢とは関係が薄い。共同研究にはいつも付きまとう研究の自由と成果の問題。これだと断定できる解決策はなく、その時々の折衷案があるだけなのか。ただしいつもそれに頼ってしまう。

共同研究で研究員が全員対等であればどうか。それぞれが独立した分野を分担し、その時々に対等な立場で結果を持ち寄り、議論し、まとめる。少人数であれば、成り立つ可能性はある。人数が多くなれば無理だ。

研究成果は通常、まず関連学会の研究講演会（発表会）で講演発表するが、それには前もって所定の様式で研究講演内容——時によっては要旨——を提出しなければならない。研究講演内容にはまず研究題目と研究者の所属を書き、続いて研究者の名前を書いていく。ある大型プロジェクト研究の場合、最後の研究者の名前を書く前に割り当てられたページ——通常は二～四頁程度——が終わってしまったという笑い話のような本当の話がある。

大型プロジェクト研究だとこのように共同研究者は多い。プロジェクトが目指す方向に中心的な研究者に従って全員が進まなければならない。各研究者の研究の自由はほとんど認められない。もっとも、プロジェクトに参加した時点でそれは容認ずみといえばそうだが。

大規模な実験による研究で成果が認められ、世界的に非常に評価の高い賞が授与された時、受賞するのはトップの研究者だけである。共同研究者は何十人あるいは百人以上もいるだろう。その研究者たちはそれをどのように思っているのか。その研究を成し遂げた一員だということで満足なのだろうか。受賞したトップの名は世界の人々が、もちろん私も含めて、知っている。共同研究者の名はその分野でも一部の人しか知らない。

大学では特に工学分野では経験のある教官とそうでない学生とが共同で研究する場合が多い。教育という立場だけでなくて、研究成果を上げるということになれば、個々人の対等な研究の自由は非常に難しい。

夜、本学の一番奥にある駐車場に急ぐ時、生協の食堂の入り口に研究室の大学院生が二人いるのに気がついた。彼らも気がついて、二人、声をそろえて「おつかれさまです」と挨拶した。片手を少し上げてそれに応えた。その時、ぐずついていた空から大粒の雨が降り出した。

「先生、この傘、使ってください」と言って傘を差しだした。

「いいよ、君がいるだろう」と断ろうとすると、後ろから背の高い方の藤井がすでに私に傘をさしかけていた。

「駐車場までお送りします。すぐ帰ってくるから、いつもの定食、たのんどいて」と言って私と一緒に歩き出した。

「カバン、いいですか、持ちますよ」

「いいよ、いつも持っているから」

「そうすね」

雨脚はこころもち弱くなっていた。両側に太い松が並ぶ通りを、傘をさしてもらって歩いた。車が一台追い抜いて行った。横を通る時、徐行したので、誰か教官だったかもしれない。街灯はまばらだが照らす光は強いので、歩くのに苦労はしない。

「研究、どーお、うまくいっている？」

「はい、何とかうまくいっていると思います」

それを聞いて、いい機会だからと思って尋ねた。

「オレの指導、どうかな？」

意外と驚きもせず答えた。

「いいですよ。なんでも教えていただいているし、僕にはいいですよ」

そう言って、気持ちがほぐれたのか、続けた。

「うちの研究室にもいろんな奴がいます」

「ああ、知っている。それはそうだけど、君たち学生をもう少し尊重しないといけないと以前から思って、やってはいるんだけど」

「それはありがたいですし、先生がいろいろされていることも分かります。それとは別に、僕なんかが思うには、僕たち学生も、もっと頑張らないといかんと思うところもあります」

「そう、それは嬉しいね、けれど、無理しなくていいよ」

「無理していません。先生がここで研究成果を上げようと頑張っておられるのは、よくわかります。研究成果となるためには、あるレベルを超えていないといかんですよね」

「そうだな。それがいろんな悩みの元みたいなものだ」

「そうですよね。楽しい楽しいですむわけがない。努力して、きついこともやって、乗り越えなくてはいけないですよね」

「いやあ、正直、君からこういう話を聞くとは思わなかった」

「よその研究室で『研究、研究って言うな。そんなの一流大学に任せて、オレたちは楽しくやればいいんだ』と言う先生がいます。腹立ちますよ。オレたちをなめるなと言いたいです。うちの大学だって、全国的に見ても一流の一番最後ぐらいには入っていると思います。それをもっと上げていくためには先生のような方が必要だと思います」

それを聞いて少し嬉しくなった。地方に流れて来て、えらそうにしやがってという話はよく聞いたけれど。

「そうだな。遠方より罷り越しました不肖私、助っ人として全身全霊相勤めます、ってとこか」二人とも笑った。

「先生、それ違いますよ。先生はうちの大学の一番代表的な先生ですよ」

真顔になったところで、私が尋ねた。「うちの研究室の理論計算って、難しい？」

「難しいです。でも先生がよく説明されていますし、分かるために努力が必要だと思います。最近、かなり分かるようになりました」

「分からない所があったら、オレの部屋に聞きにおいで」

「はい。お願いします。理論で思い出したんですけど、先生、四年生の木元、知っています？」

「知っているよ。猫の好きなやつだろう？」

「そう、そうです。あいつ全体の成績はビリに近いんですけど、先生の流体力学はメチャ分かっているんです。流体力学のことならあいつに聞けということになっています」

「木元は工業用エアコン大手に就職きまっていたよな」「はい」「あそこなら流体力学は役に立つと思うよ」

駐車場の入り口に来ていた。

「先生の車、どれですか」

右手の奥の方に行って、見つけた。

「あそこの白いセダン」

「あ、あれですね。分かりました」

「今日はどうも有難う。濡れずにすんだ」

「お安い御用です」

「食堂で君を待っているよ」

「ここから走っていきます。すぐですよ」

「すぐ？　結構あるよ」

それを聞いて藤木が快活に笑った。

「僕、今でも陸上部の短距離なんです。普通の人と比べたら速いですよ」車の中に入る時に濡れないように傘を掲げてくれた。シートに座ったら「失礼します」と言った。手を少し上げてそれに応えた。ドアを閉めてシートベルトを締めながら外を見たら彼はすでにむこうの闇に消えていた。

学生と話すことは大事だな。藤木のような学生だけでなく、もっと普通の、そしてそれ以下の学生とも話すことが大事だな。自由と成果のことも少しは前進するかもしれない。

*

粒状体の多体問題の計算手法として離散要素法[参一]がアメリカの土木学会に所属する研究者から提案された。この手法は粒状体層内の粒子を一個一個計算する手法である。

今、計算しようとする着目粒子を中心としてそれに直接衝突、接触する粒子、すなわちその一重目に存在する粒子のみが着目粒子の運動に影響を与え、その外側に存在する二重目、三重目およびそれ以降に存在する粒子は着目粒子の運動に影響を与えないとして計算を進める。実際には二重目、三重目だろうが、全ての粒子が着目粒子の運動に影響を与えるが、二重目以降の粒子が与える影響を無視するという計算手法である。

これだけ簡単化すれば多体問題を形成している粒状体の運動は計算可能である。この手法は十数年間世界的な支持を得られなかった。着目粒子に直接衝突、接触している粒子のみを考え、あとは無視するという計算手法があまりにも簡単化しすぎていると考えられたからである。

ところがこの手法を用いた計算結果が実験値をよく表すという事例がいくつも現れ、まず欧州の研究者たちが認めた。彼等は最も強く離散要素法に異を唱えていたのに、認めるときは一番早かった。その後はアメリカ、そして瞬く間に世界で粒子の多体問題の計算手法として認められた。

私がこの手法を初めて用いた時、何故直接衝突、接触している粒子すなわち一重目の粒子のみでほとんど実際の現象の説明がつくと気が付かなかったのだろうと思った。私はもっと詳しい計算を試みていたのだが。だから複雑になりすぎて、計算時間が掛かりすぎて破綻したのだ。学会で同じことを言って、残念がっている人を何度も見たことがある。そこには非凡人と何百人といる同じような研究をしていた凡人とを区別する一線があるのであろう。

私について言えば、この問題に関する強い洞察力に欠けていたと思う。だから少し複雑になりすぎると諦めてしまったのだ。それに関する洞察力がもっとあれば、簡単化する方へという考えが出てきたはずだ。だから私も含めて、離散要素法について簡単化しすぎていると非難することは恥ずかしいことだと思う。それが離散要素法の考案者をなんら貶めるものではない。この手法によって、粒子一個一個の計算なので計算できる条件——例えば粒子の個数——には制限があるが、多くの粒状体の運動が明らかにされたのだから。

離散要素法を用いて粒状体の構成式を求めた。それを保存の式に代入して、種々の粒状体の運動を明らかにした。例えば地滑りが起こるメカニズムなどである。

最初に構成式の計算から、十年ほど経って、これに関連した論文を十篇ほど出版した。ところが反響は芳しくない。粒状体力学を流体力学並みにすると言って、ある程度は、それが成ったと思われたのに。

粒状体力学は、それを形成する物質自身多種多様で、一般的な構成式は存在しないのか。

いや、押さえるべき物理的要素は押さえている。だから、我々の身近にある粒状体が流れて堆積する現象をよく表すことが出来た。にもかかわらず、反響がない。粒状体のこの分野では十年では時間が足りないのか。流体という物質と粒状体という物質を取り扱うそれぞれの産業界、学界等にまだ大きな差があり、それにより私が考えていることと産業界等のそれに食い違いが生じているからか。

いや待て、そうじゃない。やはり一番の原因は私の構成式にある問題点だ。例えば粒径分布は考慮されていない。考慮するためには最初から求め直さないといけない。その他正確さを重要視しすぎて、非常に複雑になっていること。これを見た企業の研究者がこんな複雑な式、企業では誰も使いませんよと言っていた。

複雑すぎる。しかしそれは構成式が複雑で、それを用いた計算プログラムを作るのに手間がかかるということである。これは二次的、三次的な問題で、多体問題の複雑さとは次元が違う。多体問題は近似して簡単化しないと初めから計算出来ないし、構成式は求まらない。だからこれは簡単化しないといけない。私の構成式は出来上がっているので、多少の手間をかければその複雑な構成式を用いることが出来る。だから私の構成式の複雑さは本質的ではない。しかし使いにくいことは確かだが。

山岡には期待され、自分の研究の本命だと思い、努力してやってきた。ところがこちらが思うほど世間は認めてくれない。粒状体の現実の現象をよく説明する結果を複数件、学術誌に掲載したが、さっぱり注目されない。

評価の基準の大きな部分をなす被引用件数とは一体何なのだ。私の粒子の乱流拡散に関する論文には数百の被引用件数がある。この分野で数百の被引用件数は非常に多い被引用件数である。これよりこの論文は良い論文で、被引用件数が高々十にも満たない私の構成式およびそれを用いた論文はたいしたことはないのか。

確かに、現状ではある意味そうだろう。一つの論文には複数の研究者が携わっているので数百の被引用件数の論文には非常に多くの研究者が興味を示しそれに関係したことになる。高々十件とは大きな違いがある。ただし将来はそうでもないかもしれない。

現在、停年まであと一年しか残されていない。今はこの構成式を少しでも良くなるように改良することが重要であろう。この時間ではそれしかない。

最後の年度の連休も明けて、研究室に所属する最後の学生、大学院修士二年生三人の研究もほぼ軌道に乗り、彼らの自由意思にほぼ任せることにした。

会議からの帰りに一階の実験室に寄ったら、修士二年生の小林が実験装置の横から顔を出した。

「ああ、先生、今実験が終わりました。先生が予想されていた結果が出ていますよ」

「結果の図はある?」

「まだ作っていませんが、測定値は確かにそうなっています。付着性粒子の方が働かせていた力をゼロに戻すと変形量もだいたい元に戻る領域が広くなります」

「そーお、それだけではまだ全体的なことは何とも言えないけれど、一応そいつが出てくれると、予想のようになるかもしれないね」

「後で図にした結果をお持ちします。これから条件を変えて、いろいろやってみます」

自分が予想した結果が出つつあり、小林は楽しそうであった。

「どーお、研究、楽しい？」

「ええ、楽しいです。先生が大きな枠組みを指導されていますので、安心してその中である程度自分なりの研究が出来ますし」そう言って笑った小林を見ていると、こちらも楽しい気分になった。

小林の能力と技術を全面的に信頼し、彼が私に持ってくる結果は全て正しいと信じたら、皆がハッピーでいいのだが、そうとばかりはいかないであろう。それを言うと元の木阿弥で、最後の一年ぐらいはこれでいいかとも思う。小林の温和な人なつこそうな顔を見ていると何か話しかけたい気持ちになった。

「以前話し合ったけど、この装置、君の設計だったよね」

「はい。先生からいろいろ指示をいただいて、最終的には僕が設計して、工作室で作ってもらいました」そう言って、装置の直方体の容器の部分を触った。

「この装置、結構うまくいっています。これからバンバン、データが取れると思います」

「一通りデータを取り終えるのはいつ頃？」

「夏の終わりには終了したいです」

「そう、いいペースだね」

私にそう言われて、安堵したように頬を緩めた。今度は私に尋ねてきた。

「先生とあまりお話しすることがありませんでしたが、一度お聞きしたいと思っていたんです。大学院修士に行く必要があるでしょうか、どうでしょうか。時々尋ねられるんです。何故大学院に行っているのって。二年間も、授業料払って」

即座に答えた。

「そりゃ必要だよ。修士の二年間で学ぶことは大きい。特に修士論文研究で学ぶことは多いと思う。指導教官の研究の一部を担うことになれば、その分野での最先端の研究はどのような研究で、自分が参加している研究がそのどこを乗り越えようとしているのかを体得することが出来る。そして計算方法、実験データの取り方などの厳しさを学ぶことになる」

小林は頷いていたが、どこか不安そうな表情も漂わせていた。

「我々修士の学生は未熟ですので、全て指導教官に従うことになり、労働力のみを提供することになってしまいます」

「そうだな、でもそんな時君たちが君たち独自の考え方ややり方を先生に認めさせるように努力する必要があると思うよ」

「でも、他の研究室の奴らが言うには先生方は強靭で、最初からそういうことを認めない先生もいます」

教官に課された研究成果を考えれば、当然起こりうることだと以前なら言ったであろうが、今は穏やかに次のように話した。

「そういう時には先生とよく話し合うことだな。どうしてもというときには、他の先生も含めて話し合うようにすることも考えられる。そのためには自分に力をつけることだ」

「うちの研究室はいいですね。学生の意見も取り入れていただけるし」

私は苦笑した。何故か話題を変えたかった。

「あ、それから自学自習だよ。修論研究を通して自学自習のやり方やそれを習慣とすることなんかを学ぶことだな」

小林は素直に「はい」と答えた。晩春の日の光が差し込む中で、目を細めていた。実験装置の金属の部分に日が当たり、反射して天井を照らし、実験室全体を明るくしていた。小林が頭を下げてありがとうございましたと言った。「いやいや」と答えて、その場を離れた。教授室へ廊下を歩きながら「これでいいのだ。研究も進んでいることだし。私自身の研究テーマを続けることだ」と呟いた。

＊

テーマは「粒状体のせん断力による内部構造の変化について」である。これらを主に離散要素法を用いて明らかにするよう進めた。得られた結果の一部を簡単に説明すると次のようになる。

粒状体に力を加えた時、変形量が小さいと粒状体の粒子間にスベリが生ずる。変形量が大きくなると粒子間のスベリが連なり粒状体層間のスベリになる。スベリが起こると粒子のつまり方が変化するので、いつまでもスベリは続くわけではなく、摩擦力によってスベリはとまる。力を加え続けると変形量はわずかずつ増加し、さらに力を大きくすると摩擦力では耐えきれなくなって、再びスベリが起こる。加える力を増加し続けると、この繰り返しが起こる。このスベリとその停止は粒状体のいたるところで起こる。スベリが起こると働いていた力は抜けて急速に、直線的に減少する。スベリが止まり、力を働かせると変形量は再び増加し、それに比例して力は急速に直線的に増加する。粒状体の力学を表現するために使われる構成式に従来これらのことは考慮されていなかった。それを考慮した構成式を提出した。

これらを内容の一部として、論文にまとめ、この分野では著名な学術誌に投稿した。前述した論文投稿のプロセスを経て三人の査読者の結果が送られてきた。それに対する回答書を送り、結果を待った。一人の査読者から私の回答に不服の知らせがあり、その理由がメールされてきた。それに答えて、再投稿して二カ月ほど経過した時、編集委員長から掲載決定のメールが届いた。

毎晩、帰宅時に玄関のドアを開けると恵子が飛んできて、「どうだった」と尋ねるのだが、今日は指でオーケーの印を示したら、「エー、良かった！」と大きな声で叫んだ。

「今日はお祝いしなくちゃ」

「今日はもう遅いよ」

「あのね、なんとなく予感がしたのよ。それでね、ちゃんと用意はしてあるの」

「よく当てたな。それで何をしてくれるの？」

「ステーキとエビフライとシャンペンをご用意してございます。すぐにできますから」

「すげえな！　よく当たったね」

「当たり前でしょう。これぐらい。なにしろ結婚、三十五年ですから。お風呂に入ってきて。その間に、用意しちゃうから。ああ、それからパンにする？　ご飯にする？」

「ご飯でいいよ」

シャンペンを空けて、ビールも飲んで、最後のコーヒーの時に恵子が聞いてきた。

「来年、停年になっても研究するの？」

「するよ。本命と思っていた粒状体の構成式とその関連の研究は、評価は低いし、いろいろやってきたけど、結局、戸田教授や井上教授の劣化版でしかないし、おまけに来年からは手伝ってくれる学生もいないし、とまあ悪条件が嫌というほど重なるんだけど。だけどこれで本当の自由を手に入れた。資金はないし、身体は日々劣化していくけれど、挽回は可能か。やってみるのも面白い」

「そうだよね。完全な自由を手に入れた。やる価値は十分あるわ。それに構成式なんかの評価はこれからじゃないの？　年が経つと評価は上がると思う。あなたの話を聞いていただけでも、それはわかるもん」

「わかる?」

「わかるわよ」

「ひゃー。持つべきものは友じゃなくて、かみさんだね」

「でしょ! それにあなたは地方にきて研究も教育も出来るってことを世間に知らせたのよ」

「そうとも言えるか。模範解答からは遠いし、オレが初めてじゃないだろうけど、それなりなものを示せたからな」

「そうよ。それにまだまだ出来るわよ。自信を持ちなさい。私たちがやっていた英詩研究会のころ、大学院のころあなたが放っていたあの自信を」

「昔のことを言うなちゅうの」

「いいじゃない。憧れのきみ、ハハハ。それに学生さんはいなければいないでいい。それで出来る研究をしたらいいんだから。実際、いっぱいあると思うよ。私の方からも言います。是非研究は進めてください」

「ありがとう。ほんと、持つべきものは、だな」

恵子が大きな声で言った。

「これからの研究に乾杯しよう」

ビールで乾杯した。恵子は笑っていた。楽しそうだった。その時ふと思い出した。学部の四年生のころ学外の英詩研究会で同学年の太田たちが恵子のことをオードリー・ヘプバーンに似ていると言っていたことを。今感じた。似ている。そう言ったら即座に「おそい！　四十年おそい」という返答が返ってきた。

恵子が尋ねた。

「研究をするのは？　生きるため？」

少し考えて、答えた。

「死なないため」

「ちょっとそれ消極的すぎるわよ」

「いいんだよ、この年になれば、これぐらいで。オードリー・ヘプバーンさん」

「うー、繰り返し言われると、さすがにそれはきついな！」

研究をなぜするのかと問われたら、「新しい事実を明らかにするため」と言えば、それはそうだが、これはもう味もそっけもない。回答の一部だけど次のように思うこともある。「よく使われる言い回しで言うと、いろんなところで、外国も含めて、普通の人たちの目に留まり、いろんな意味でなんらかの事柄に役に立つことがある、あるいは、これが、オレが目指していることなのだが、役に立つ事柄の基になることがある。それを思うとうれしくならない？」「うれしくなる」「そのために研究をする」

恵子に「それぐらいでいいのでは？」と尋ねたら、「若い時とはだいぶ感じ方が変わってきたけど、それでいいと思う」という返事が返ってきた。

参考文献

一、Cundall, P. A. and Strack,O. D. L., A discrete numerical model for granular assemblies, Geotechnique, Vol. 29, pp. 47–65 (1979).

戸山　十郎（とやま　じゅうろう）

1940年生まれ。

1965年京都大学工学部卒業、1967年京都大学大学院工学研究科修士修了、1970年同博士退学、同年同助手、1972年同博士取得。

1973年九州工業大学助教授、1979年同教授、1996年同工学部長、同大学院研究科長、2004年停年退職。

同年大岳 R. and D. コンサルタント事務所勤務、現在に至る。

晴れた日も雨の日も
物に力が働けば変形する

2024年７月23日　初版第１刷発行

著　者　戸山十郎
発行者　中田典昭
発行所　東京図書出版
発行発売　株式会社 リフレ出版
〒112-0001　東京都文京区白山 5-4-1-2F
電話 (03)6772-7906　FAX 0120-41-8080
印　刷　株式会社 ブレイン

ISBN978-4-86641-778-3 C0093
Printed in Japan 2024